Read Classical Chinese

枕上诗书

一本书读懂经典古文

徐若央 著

台海出版社

图书在版编目（CIP）数据

一本书读懂经典古文 / 徐若央著. -- 北京：台海出版社, 2022.10

（枕上诗书）

ISBN 978-7-5168-3366-7

Ⅰ.①一… Ⅱ.①徐… Ⅲ.①中国文学－古典文学－文学欣赏 Ⅳ.① I206.2

中国版本图书馆 CIP 数据核字（2022）第 147530 号

枕上诗书·一本书读懂经典古文

著　　者：	徐若央		
出 版 人：	蔡　旭	封面设计：	末末美书
责任编辑：	曹任云		

出版发行：台海出版社
地　　址：北京市东城区景山东街 20 号　　邮政编码：100009
电　　话：010-64041652（发行，邮购）
传　　真：010-84045799（总编室）
网　　址：www.taimeng.org.cn/thcbs/default.htm
E - mail：thcbs@126.com

经　　销：全国各地新华书店
印　　刷：三河市金泰源印务有限公司

本书如有破损、缺页、装订错误，请与本社联系调换

开　　本：	880 毫米 ×1230 毫米　　1/32		
字　　数：	156 千字	印　张：	8
版　　次：	2022 年 10 月第 1 版	印　次：	2023 年 1 月第 1 次印刷
书　　号：	ISBN 978-7-5168-3366-7		

定　　价：45.00 元

版权所有　　翻印必究

古文之美,岂止风雅你的底气?
中华文明的精髓与智慧,尽在此间。

南宋·马麟《梅竹图》

南宋·佚名《高士临眺图》

南宋·李嵩《西湖图》

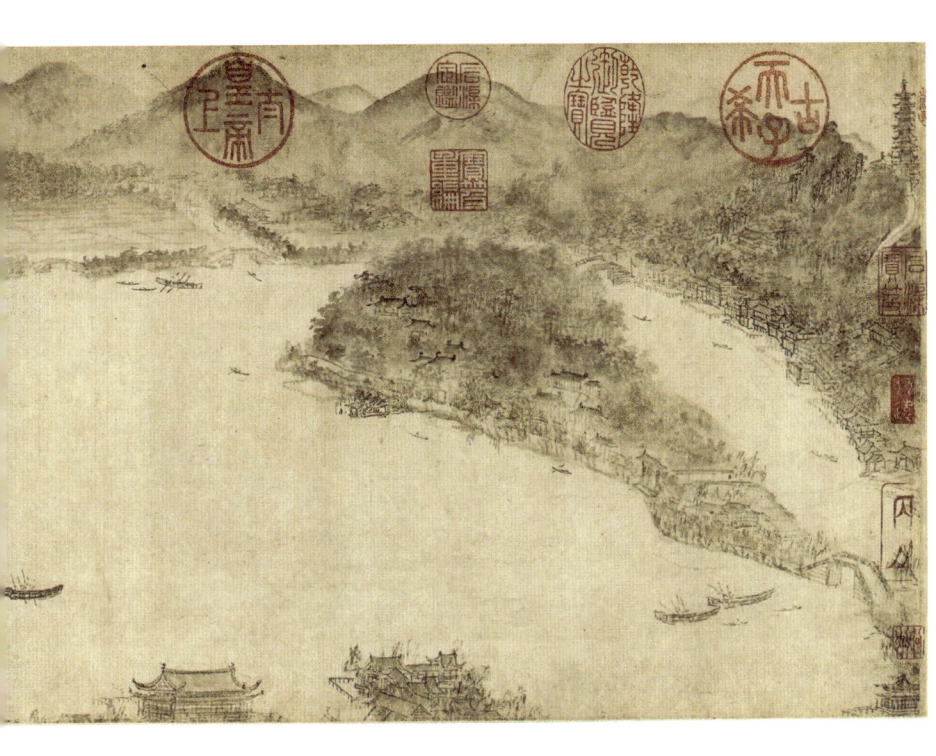

南宋·佚名《观瀑图》

南宋·佚名《芦鹭图》

北宋·王诜《秋林鹤逸图》

自序：旧时书

人生短暂，无论是古人，还是今人，都在历练。

每一篇古文，都是一段故事。

忠臣居庙堂，将军赴战场，圣贤皆寂寞，墨客叹悲凉，人间诸多事，跃然于纸上。那是孤者的自白，也是歌颂者的无奈。

古文，有华美的词藻，有温暖的宽慰，有深情的相思，有哀婉的倾诉，有严厉的批判，字字不离一个"情"字，是家国情，是骨肉情，是手足情，是风月情，是故人情。

年少时，读着晦涩难懂的古文，满纸勾勾画画，只解其意，不知其情。后来的某一日，品着无味的茶，翻看泛黄的书卷，忽而读懂，灵魂凄然，也会感叹一句：世事无常。

千百年前，那从寒至暑的悲叹，那怀才不遇的不甘，那难逢知己的怅然，那历经沧桑的释然，文中之人，总有你我旧时的模样，惊艳了岁月，跨越历史长河，来到你我面前。庆幸，我们敢于面对古人之言。

有些故事，读不懂遗憾一生，读懂了一生遗憾。

倘若你还是不懂，也不必苦恼。不懂，何尝不是一件幸事！

这本书，写给长情的你。

因为，有你，便有风华。

目 录

铁马冰河入梦来——先秦·左丘明《曹刿论战》..................001
其曲弥高,其和弥寡——先秦·宋玉《对楚王问》..................008
长门宫,故人怨——西汉·司马相如《长门赋》..................013
此君双眼明秋水——西汉·刘向《邹忌讽齐王纳谏》..................021
何事秋风悲画扇——西汉·班婕妤《自悼赋》..................027
钗裙不让须眉——东汉·班昭《东征赋》..................035
与妻书——东汉·秦嘉《与妻徐淑书》..................042
出师一表真名世——蜀汉·诸葛亮《前出师表》..................049
有美人兮,见之不忘——魏·曹植《洛神赋》..................056
乌鸟私情,愿乞终养——西晋·李密《陈情表》..................064
蹉跎白发年——西晋·左思《白发赋》..................070
一入宫门深似海——西晋·左棻《离思赋》..................076
一觞一咏共风流——东晋·王羲之《兰亭集序》..................082
世有桃花隔山河——东晋·陶渊明《桃花源记》..................088
先生不知何许人——东晋·陶渊明《五柳先生传》..................095
闲坐悲君亦自悲——东晋·陶渊明《祭程氏妹文》..................101
性本爱丘山——东晋·陶渊明《归去来兮辞》..................107
我寄人间雪满头——南朝·刘义庆《咏雪》..................112
多情自古伤离别——南朝·江淹《别赋》..................118

阁中帝子今安在——唐·王勃《滕王阁序》..................125
长门尽日无梳洗——唐·江采蘋《楼东赋》..................135
君埋泉下泥销骨——唐·韩愈《祭十二郎文》..................141
古之学者必有师——唐·韩愈《师说》..................149
栖身陋室听风雨——唐·刘禹锡《陋室铭》..................154
一枝一叶总关情——唐·柳宗元《种树郭橐驼传》..................160
宫阙万间都做了土——唐·杜牧《阿房宫赋》..................166
不以物喜,不以己悲——北宋·范仲淹《岳阳楼记》..................173
自古逢秋悲寂寥——北宋·欧阳修《秋声赋》..................179
醉翁之意不在酒——北宋·欧阳修《醉翁亭记》..................186
吹罗幕,往事思量着——北宋·欧阳修《〈五代史·伶官传〉序》....192
我亦无他,惟手熟尔——北宋·欧阳修《卖油翁》..................198
愿为红尘一株莲——北宋·周敦颐《爱莲说》..................202
莫笑少年南柯梦——北宋·王安石《伤仲永》..................205
也无风雨也无晴——北宋·苏轼《前赤壁赋》..................211
月下共此时——北宋·苏轼《记承天寺夜游》..................218
不负韶华,未来可期——明·宋濂《送东阳马生序》..................223
今已亭亭如盖——明·归有光《项脊轩志》..................229
隔世繁华入梦来——明·张岱《湖心亭看雪》..................237

铁马冰河入梦来

——先秦·左丘明《曹刿论战》

十年春,齐师伐我。公将战,曹刿请见。其乡人曰:"肉食者谋之,又何间焉?"刿曰:"肉食者鄙,未能远谋。"遂入见。问:"何以战?"公曰:"衣食所安,弗敢专也,必以分人。"对曰:"小惠未遍,民弗从也。"公曰:"牺牲玉帛,弗敢加也,必以信。"对曰:"小信未孚,神弗福也。"公曰:"小大之狱,虽不能察,必以情。"对曰:"忠之属也,可以一战。战则请从。"

公与之乘,战于长勺。公将鼓之。刿曰:"未可。"齐人三鼓。刿曰:"可矣。"齐师败绩,公将驰之,刿曰:"未可。"下视其辙,登轼而望之,曰:"可矣。"遂逐齐师。

既克,公问其故,对曰:"夫战,勇气也。一鼓作气,再而衰,三而竭。彼竭我盈,故克之。夫大国,难测也,惧有伏焉。吾视其辙乱,望其旗靡,故逐之。"

这是历史上著名的战役——长勺之战。

战争源于一场夺位之争。

公元前686年,齐国,公孙无知联合连称、管至父等人暗杀齐襄公,自立为君,公子纠恐遭杀害,携管仲逃往鲁国,公子小白则携鲍叔牙逃往莒国。不久,公孙无知被齐大夫雍廪刺杀,齐国内乱,诸侯之位空缺,两位流亡在外的公子皆有夺位之心,各自联络亲信,开始谋划归国。

夺位本就是豪赌,各国诸侯、齐国臣子已经开始下注,这一次,需押上身家性命,若赌赢了,便一世无忧,若赌输了,便身首异处。

鲁庄公别无选择,公子纠踏入鲁国的那一刻,便已经替他做出了选择。既然齐国无君,他便拥护一个新的国君。

鲁庄公亲自领兵护送公子纠归国,并命管仲率三十乘兵严守莒国与齐国的必经之路,务必截击公子小白的车马。这一战,管仲一箭射中公子小白,见其倒地不动,方率兵离去。鲁庄公得知公子小白已死,便也不急于赶路,六日后,方至齐国。

只是,此时的齐国已非无君之国。原来,管仲的箭仅是射中了公子小白的带钩,小白佯死,骗过了管仲,随后快马加鞭,先至齐国,在齐国正卿的护立下,登上君位,史称齐桓公。

棋差一步,满盘皆输。

鲁庄公望着不远处的齐国都城,心中涌起不甘与愤怒,下令攻打齐国。双方于乾时交战，鲁国大军气势汹汹，却惨遭大败，鲁庄公落荒而逃，齐国将士乘胜追击，追至鲁国境内，逼迫鲁庄公杀死公子纠。

一番利弊权衡之后，鲁庄公于笙渎处死了公子纠。他本以为保住了鲁国疆土，从此可安枕无忧，却不承想，公子纠的死并未平息齐桓公的怒火，次年春，齐桓公便派鲍叔牙再次攻打鲁国。

那年春时，河水潺潺，芦苇摇曳，这是万物复苏之际，亦是马革裹尸之时。

天下局势，既是权力的争夺，也是生死的角逐。齐国大军压境，鲁国百姓终日惶恐不安，满朝文武竟无一人献策。

战役前夕，一个人求见鲁庄公。

此人便是曹刿，周文王儿子曹叔振铎的后人，一个平凡的鲁国人。求见鲁庄公之前，他的同乡还问："打仗之事自有肉食者谋划，你又何必参与？"

肉食者，指拥有权力的人。古代对于食肉有严格的限制，平民几乎不能食肉。《礼记·王制》中说："诸侯无故不杀牛，大夫无故不杀羊，士无故不杀犬豕，庶人无故不食珍。"由此可见，曹刿非肉食者，社会地位偏低，故而同乡人认为他的身份不应参与战事。

然而，天下兴亡，匹夫有责。

曹刿回答："食肉者目光短浅，不能深谋远虑。"

那些王孙公卿居于高墙之中，整日花天酒地，怎知战争之难?即便有才能者,也只会纸上谈兵,如何能解鲁国困局?

大殿之上,曹刿问:"国君凭借什么作战?"

战争所至,必定生灵涂炭,鲁军曾于乾时大败,若此时迎敌作战,如何安抚天下百姓?

鲁庄公道:"衣食此类的东西,我不敢独享,总要分给臣子。"

曹刿道:"这些小恩小惠不能遍及百姓,百姓不会听从国君。"

鲁庄公又道:"祭祀神灵的牛、羊、玉帛等物,我从不敢虚报,必按照承诺去做。"

曹刿道:"这只是小信用,神灵未必会信服,便也不会赐福保佑。"

最后,鲁庄公沉思道:"大大小小的案子,虽不能桩桩件件明察秋毫,但一定会处置得合情合理。"

为天下人做事,才能得天下人拥护。唯有君主与臣民一心,方能抵御外敌。

曹刿这才满意地说:"国君尽了责任,如此,便可一战。若作战,请允许我一同前往。"

长勺,两军相遇之地。

鲁庄公与曹刿共乘一辆战车,鲁庄公决定先发制人,下令击鼓进军,曹刿立即阻止,并道:"此时不可击鼓。"

两军交战,全靠将士们的勇气。第一次击鼓,可振作士气;第二击鼓,士气便开始低落;第三次击鼓,士气就耗尽

了。与其先发制人,不如后发制人,等到齐国的士气消减,而鲁国的士气正盛,方能战胜他们。这便是:一鼓作气,再而衰,三而竭。

等到齐国军队三次击鼓后,曹刿道:"可以击鼓。"

战鼓雷鸣,狂风呼啸,将士们紧握着兵器,高呼着,厮杀着,决绝又坚定。双方将士如潮水般涌向前方,最终交织在一起,顿时,血流成河。

这便是战争,有锐不可当的士气,也有惨不忍睹的死亡。

这一战,鲁国胜了!

齐军溃散而逃,鲁庄公见状,下令乘胜追击,曹刿再一次阻止。

他深知齐国乃是大国,现在的情况难以推测,生怕其中设下埋伏。于是,曹刿走下战车,仔细地查看了齐军车轮碾过的痕迹,发现痕迹散乱,又登上战车,远望着齐军的队形,瞧见旗子倒下,方道:"可以追击。"

长勺之战,鲁国大胜。

当然,这仅是短暂的胜利,两国的恩怨并未结束。

齐国战败不久,又联合宋国一起攻打鲁国,于乘丘交战,鲁军大破宋军,联军溃败。三年后,齐国重整旗鼓,再次入侵鲁国,鲁庄公命曹沫率军出战,曹沫三战三败,鲁庄公终于感到了恐惧,如今的齐国已非当年的齐国,与其继续对抗,不如割地求和。

两位国君相约于柯地会盟,洽谈之时,突然,曹沫手执匕首劫持了齐桓公。

齐桓公问:"你想如何?"

曹沫道:"齐强鲁弱,而齐国数次入侵鲁国。如今,假如鲁城倒塌就会压到齐境了,国君认为该如何?"

齐桓公无奈之下,只能答应尽数归还掠夺的鲁国土地。曹沫这才扔下匕首,走回群臣之中,面不改色,辞令如故。

事后,齐桓公恼羞成怒,欲食言,但被管仲劝道:"不可。夫贪小利以自快,弃信于诸侯,失天下之援,不如与之。"

何必为了争夺寸土之地而失信于诸侯,众目睽睽之下,倘若齐桓公食言,实在有失国君风度。这段故事记载于《史记·刺客列传》,太史公曰:"世言荆轲,其称太子丹之命,'天雨粟,马生角'也,太过。又言荆轲伤秦王,皆非也。始公孙季功、董生与夏无且游,具知其事,为余道之如是。自曹沫至荆轲五人,此其义或成或不成,然其立意较然,不欺其志,名垂后世,岂妄也哉!"

一场战争而已,一次会盟而已,胜负并非永远,可历史却被后人铭记,那些为之冲锋的勇士,也将不朽。

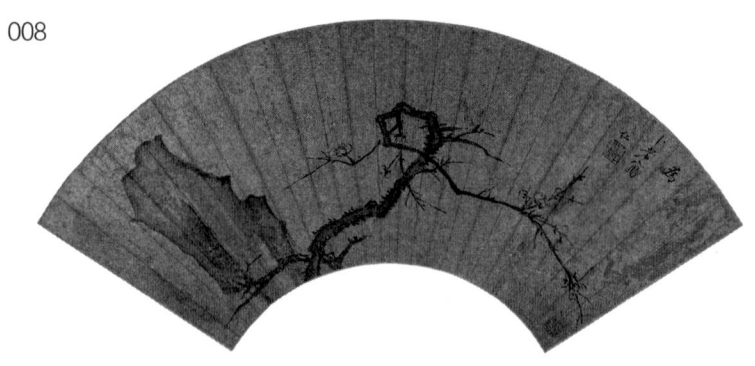

其曲弥高,其和弥寡

——先秦·宋玉《对楚王问》

楚襄王问于宋玉曰:"先生其有遗行与?何士民众庶不誉之甚也!"

宋玉对曰:"唯,然。有之!愿大王宽其罪,使得毕其辞。客有歌于郢中者,其始曰《下里》《巴人》,国中属而和者数千人。其为《阳阿》《薤露》,国中属而和者数百人。其为《阳春》《白雪》,国中属而和者不过数十人。引商刻羽,杂以流徵,国中属而和者不过数人而已。是其曲弥高,其和弥寡。

"故鸟有凤而鱼有鲲。凤皇上击九千里,绝云霓,负苍天,足乱浮云,翱翔乎杳冥之上。夫蕃篱之鹖,岂能与之料天地之高哉?鲲鱼朝发昆仑之墟,暴鬐于碣石,暮宿于孟诸。夫尺泽之鲵,岂能与之量江海之大哉?故非独鸟有凤而鱼有鲲也,士亦有之。夫圣人瑰意琦行,超然独处,世俗之民,又安知臣之所为哉？"

世人提起宋玉，最先提到他的容貌。

他是美人，美人在骨不在皮，他却是皮相与骨相兼有之人。他是宋国公族后裔，师从屈原，笔下有云梦之台，有巫山之女，有萧瑟之秋，以浪漫的辞赋，讥讽世间的丑恶。

他置身于满是污浊的朝堂，依旧怀真抱素，志行清白。

风流儒雅，宋玉配得上这四个字。

只是，对于某些人来说，宋玉的存在便是错。他的才学，他的高洁，他的风骨，恰恰是奸人所不能容的。既无法将他拖入泥潭，便将其毁掉。

楚国大夫登徒子面见楚王，出言诋毁宋玉，曰："宋玉体貌闲丽，口才出众，又贪爱女色，切勿让他出入后宫之门。"

宋玉从容地道："容貌闲丽，乃是上天所生；能言善辩，乃是学于师；至于贪爱女色，绝无此事。臣邻家有一女子，那女子之美，增之一分则太长，减之一分则太短，著粉则太白，施朱则太赤；眉如翠羽，肌如白雪；腰如束素，齿如含贝；嫣然一笑，颠倒众生。然而，此女登墙窥视我三年，我至今仍未答应与她交往。登徒子之妻蓬头垢面，齞唇历齿，弯腰驼背，又疥且痔，如此丑陋之人，登徒子却心悦于她，并育有五子。那么，究竟谁才是好色之徒？"

堂堂楚国，竟有人会以皮相来大做文章，或诬陷，或逸言，若非宋玉机智善辩，如何全身而退？无意苦争春，一任群芳妒。他与屈原有着相似的宿命，结局却各不相同。

公元前299年，楚怀王与秦昭襄王在武关会盟，屈原劝怀王不可赴会，言："秦，虎狼之国，不可信，不如毋行。"

楚怀王执意前去，一入武关，便被秦军扣留，秦王逼迫他割地保命，楚怀王断然拒绝，最终客死异乡。楚人从齐国接回太子即位，是为楚顷襄王。楚顷襄王听信子兰、靳尚等人谗言，将屈原放逐江南。

宋玉身为屈原的弟子，纵然独善其身，也难以躲过暗处的"冷箭"。

那日，楚顷襄王又不知从哪里听到的谗言，责问宋玉："先生也许有不妥的行为吧？为何士人百姓都不称赞你？"

这个问题本就有些问题，不被称赞便是错？君王久居深宫，他所能听到的言语，也不过是臣子之言、宫人之语，这其中又能有几人真心称赞宋玉？

面对楚襄王的疑惑，宋玉这般回答："唯，然，有之！"

他承认，的确如此，这便是事实。

不过，他不是屈原，他不会任人构陷。宋玉讲了一个故事："有人曾在都城高歌，最初，他唱的是《下里》《巴人》，都城里有数千人跟随他唱歌；后来，他又唱了《阳阿》《薤露》，都城里有数百人跟随他唱歌；等到唱《阳春》《白雪》时，都城里只有数十人跟随他唱；最后，他时而引商音，时而转羽声，其间夹杂着徵音，都城里仅有数人跟随他唱而已。其曲越是高雅，和唱者越少。"

"其曲弥高，其和弥寡"，世上能听懂《阳春》《白雪》的有几人？能精通音律者又有几人？曲高和寡，本就是一种无可奈何的叹息。若有志同道合的知音，谁又愿独自高歌！宋玉何尝不是那都城中的歌者，站在高台，唱了一曲又一曲，从《下里》《巴人》，到《阳春》《白雪》，一曲唱罢，谁人来和？

高歌者遇不到知音，宋玉亦寻不见知己。

他又道："鸟中有凤，鱼中有鲲。凤凰展翅高飞九千里，可冲破云霄，背负苍穹，脚踏浮云，翱翔于极高极远的天空；那篱笆之下的鷃雀，岂能与凤凰一样了解天地之高大？鲲鱼朝时从昆仑出发，于碣石晒背曝鳍，暮时投宿于孟诸大泽；那池塘之中的鲵鱼，岂能与鲲鱼一样测知江海之浩瀚？不止鸟中有凤，鱼中有鲲，士亦有出类拔萃之人。只不过，圣人的志向与操行，早已超凡而独立，世俗之人又怎知臣的所作所为？"

鸿鹄与燕雀从骨血里便有云泥之别，奸佞所求的功名利禄，恰恰是他所唾弃的，世人肤浅，自是不懂他所追求的"道"。宋玉的一番话，既自证了清白，又讽刺了奸佞，虽心中不满，却从容应答。

一问，一答，一辩，再无多言。君臣不能共言，多说已无意义。

公元前278年，这是他人生中最畅快的一年，也是他人生中最失落的一年。这年二月，楚大夫昭奇叛乱。宋玉与庄辛联手平乱，因功被封为议政大夫，时年二十一岁。他想过一展才学，如老师屈原般报效国家，哪怕受尽冤屈，亦无惧无悔。

可惜，他未能如愿。少年的梦破碎了，只在一夕之间，所有的信仰湮灭。

这一年，五月初五，屈原投汨罗江自尽。

那一路从黑夜走到黎明的人，才是真正的孤勇者，不甘于屈膝，于刀尖上行走，谋一条光明的道路，直至死亡。

据《史记·屈原贾生列传》载："屈原既死之后，楚有宋玉、唐勒、景差之徒者，皆好辞而以赋见称。然皆祖屈原之从容辞令，终莫敢直谏。"

他们手中的笔本是锋利的剑刃，以最沉默的方式呐喊，可叹众生，可震山河。然而，屈原之死，令他们皆收敛了锋芒，不敢劝，不敢言。

数十年后，楚国终是走上了灭亡之路。

公元前223年，楚亡，次年，宋玉卒。

多年以后，有人于台上高歌，唱着那些复杂的旋律，念着那些晦涩的词文。

听懂之人又有多少？

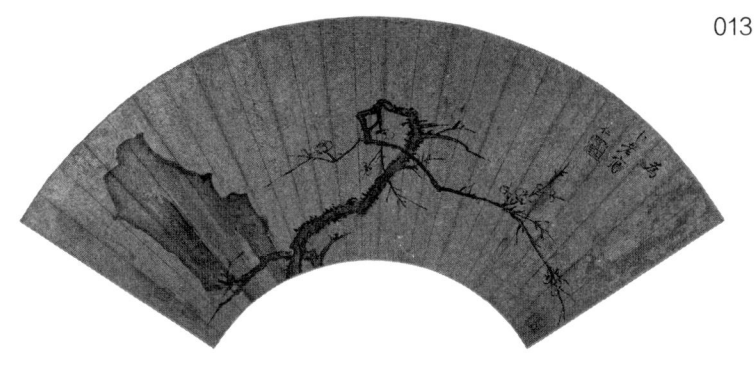

长门宫,故人怨

——西汉·司马相如《长门赋》

孝武皇帝陈皇后,时得幸,颇妒。别在长门宫,愁闷悲思。闻蜀郡成都司马相如天下工为文,奉黄金百斤,为相如、文君取酒,因于解悲愁之辞。而相如为文以悟主上,陈皇后复得亲幸。其辞曰:

夫何一佳人兮,步逍遥以自虞。魂逾佚而不反兮,形枯槁而独居。言我朝往而暮来兮,饮食乐而忘人。心慊移而不省故兮,交得意而相亲。

伊予志之慢愚兮,怀贞悫之欢心。愿赐问而自进兮,得尚君之玉音。奉虚言而望诚兮,期城南之离宫。修薄具而自设兮,君曾不肯乎幸临。廓独潜而专精兮,天漂漂而疾风。登兰台而遥望兮,神怳怳而外淫。浮云郁而四塞兮,天窈窈而昼阴。雷殷殷而响起兮,声象君之车音。飘风回而起闺兮,举帷幄之襜襜。桂树交而相纷兮,芳酷烈之闇闇。孔雀集而相存兮，玄猨啸而长吟。翡翠胁翼而来萃兮，鸾凤翔而北南。

心凭噫而不舒兮，邪气壮而攻中。下兰台而周览兮，步从容于深宫。正殿块以造天兮，郁并起而穹崇。间徙倚于东厢兮，观夫靡靡而无穷。挤玉户以撼金铺兮，声噌吰而似钟音。

刻木兰以为榱兮，饰文杏以为梁。罗丰茸之游树兮，离楼梧而相撑。施瑰木之欂栌兮，委参差以槺梁。时仿佛以物类兮，象积石之将将。五色炫以相曜兮，烂耀耀而成光。致错石之瓴甓兮，象玳瑁之文章。张罗绮之幔帷兮，垂楚组之连纲。

抚柱楣以从容兮，览曲台之央央。白鹤噭以哀号兮，孤雌跱于枯杨。日黄昏而望绝兮，怅独托于空堂。悬明月以自照兮，徂清夜于洞房。援雅琴以变调兮，奏愁思之不可长。案流徵以却转兮，声幼妙而复扬。贯历览其中操兮，意慷慨而自卬。左右悲而垂泪兮，涕流离而从横。舒息悒而增欷兮，蹝履起而彷徨。揄长袂以自翳兮，数昔日之愆殃。无面目之可显兮，遂颓思而就床。抟芬若以为枕兮，席荃兰而茝香。

忽寝寐而梦想兮，魄若君之在旁。惕寤觉而无见兮，魂廷廷若有亡。众鸡鸣而愁予兮，起视月之精光。观众星之行列兮，毕昴出于东方。望中庭之蔼蔼兮，若季秋之降霜。夜曼曼其若岁兮，怀郁郁其不可再更。澹偃蹇而待曙兮，荒亭亭而复明。妾人窃自悲兮，究年岁而不敢忘。

长门宫，花开花落几许愁。冬去春来，宫墙外，是山河无恙，宫墙内，是寂寞空庭。

女子孤独地站在宫门前，西风拂过，残红已落，落在掌心之外，落在破碎的月光中。

她苦笑着，留不住，什么也留不住。

你知道兰因絮果吗？

墙头马上遥相顾，一见知君即断肠。

初见是惊鸿一面，结局是肝肠寸断。也许，只有经历最惨痛的爱恨，方知何为人心。人心，易变。

年少情深，终是抵不过时光利刃。

陈皇后，正史并未记载她的名字，因志怪小说《汉武故事》称其为阿娇，后世便称其为陈阿娇。

她出身贵族，其父是世袭堂邑侯陈午，其母是馆陶长公主刘嫖。她自幼便是集万千宠爱于一身，高傲，骄纵，任性，从不迎合，从不谄媚，从不低头，永远盛气凌人，是生来高贵的牡丹。

那一年，馆陶公主抱着年幼的刘彻，笑着问他："你想娶妻吗？若娶阿娇，可好？"

刘彻道："若娶阿娇为妻，我便修建一座金屋让她住。"

馆陶公主闻言，大为欢喜，便定下了这桩婚约。那时候，阿娇并不知道，这场婚约的背后，是政治，是皇权，是阴谋。

当时，刘彻为胶东王，刘荣为太子。为助刘彻夺得太子之位，馆陶公主日日在皇帝面前进谗言，挑拨景帝与太子生母栗姬的关系，最终，皇帝废长立幼，立七岁的刘彻为太子。

后来，刘彻娶阿娇为太子妃，即位后，立阿娇为皇后。她是他的结发之妻，陪着他走过满是血雨腥风的皇权之路，从不谙世事到胸有城府，相依相守，不离不弃。

他给了她皇后之尊，虽没有金屋藏娇，却有椒房之宠。一个敢爱敢恨，一个纵容宠溺。多年来，她虽独享恩宠，却无子嗣。即便如此，他依旧待她极好，爱她，敬她，可她总觉得少了些什么。至于少了什么，她也说不清，总觉得不似当年。

直到有一日，刘彻带回了一个陌生的女子，那是平阳公主家的歌姬卫子夫。一年后，卫子夫怀有身孕，所受恩宠更胜从前。

椒房殿，冷落寂寥，再无昔日的热闹。皇帝已经许久未来了，偶尔来时，也只是简单关切几句，从不多言。帝王的凉薄，疏远，冷漠，让陈阿娇渐渐失去了皇后的气度，她开始嫉妒，开始疯狂，她那么骄傲的人，怎会甘心输给一个歌姬？

她甚至铤而走险，指使巫者楚服操演巫蛊之术。事发后，官员追查此事，查出楚服等人为陈皇后施巫蛊之邪术，祝告鬼神，祸害他人，此乃大逆不道之罪。最终，巫者楚服被斩首于市，涉案者三百余人被诛杀。

同年，七月乙巳日，一道策书，皇后被废黜，退居长门宫。

长门宫，长门怨。陈皇后是汉宫最尊贵的囚犯，一袭华衣，独对金盏。

听闻蜀郡成都有位擅作赋的才子，名为司马相如，她便以黄金百斤，求得文赋，期盼挽回君心。

这篇赋是以女子的口吻写成的。

金屋已无人，长门一段愁。

有佳人兮，轻步而来，形如枯槁，独居长门。

郎君啊，曾许诺朝往暮来，却因新人而忘故人。从此，不再相见。

当初，为了博得郎君的欢心，她做下诸多愚蠢之事，只愿郎君可以给她一个哭诉的机会，只愿听见郎君的回音。哪怕是虚言，也仍然相信。

她每日都会将离宫整理好，期待着相见之期。千盼万等，郎君迟迟不曾临幸。

回廊寂静，疾风凛凛，她登上兰台，遥望远方，神思不定。

"浮云郁而四塞兮，天窈窈而昼阴"，浮云涌动，长空骤变，如君王性情，阴晴不定。"雷殷殷而响起兮，声象君之车音"，雷声沉重，如君王的车辇。

风起，吹动帷幄，何人知晓女子的忧愁？她独自叹息，回应她的，唯有那相纷的桂树，那相存的孔雀，那长啸的玄猨……

这千愁百怨，久久难舒。她走下兰台，又不知去往何方，只能独自在深宫中徘徊。

那深宫何其华美！宫殿如上苍的鬼斧神工，倚于东厢，满眼繁华，却感惆怅无穷。那玉户，那金殿，皆是空荡荡，回声好似钟音轻响。

宫殿如此奢华，却又如此凄凉。行走于宫殿，所见皆是："刻木兰以为榱兮，饰文杏以为梁。罗丰茸之游树兮，离楼梧而相撑。施瑰木之欂栌兮，委参差以槺梁。时仿佛以物类兮，象积石之将将。五色炫以相曜兮，烂耀耀而成光。致错石之瓴甓兮，象玳瑁之文章。张罗绮之幔帷兮，垂楚组之连纲。"

金屋之中，尽是冰冷的玉石，堆砌着繁华，装点着失意。最熟悉的地方，也是最讽刺的地方，她在这里享受过荣宠，也遭到过背弃。你瞧，她眼中什么都有，有雕栏，有金殿，有明月，有星辰，却唯独没有欢喜。

她抚摸着一排排玉柱，偌大的未央宫，只听见白鹤哀号，只看见枯杨独立。黄昏将至，长夜来袭，可怜佳人独自垂泪，将忧伤付与空堂。

月朗星稀，洞房凄清，她轻抚雅琴，曲调悲伤，愁思绵长，琴声忽又转换了曲调，渐渐悠扬。宫人闻之，悲而垂泪，唏嘘不已。

她举起衣袖，遮住脸颊的泪珠，懊悔昔日的过错，又不知如何挽回。无面目再见人，颓然躺在床上……

这一晚，她做了长长的梦，梦中，他们又回到了青梅竹马时，也无钩心斗角，也无物是人非。

隐约间觉得郎君又躺在身侧，蓦然惊醒，一切成空。鸡已鸣叫，仍是黑夜，众星列于苍穹，卯星已出于东方。

庭院中的月光，似深秋降下的霜，夜夜若年，郁郁伤怀，在煎熬中等待曙光，如此漫长。

唯有妾人自悲，年年岁岁，不敢忘。

一纸《长门赋》，不是思君是恨君，换得来帝王短暂的停留，却换不回帝王蒙尘的心。

帝王之爱，是注定的悲剧。

当她独自走过一个个寂寞的长夜，便也渐渐清醒了。她知当年的金屋，不过是年少的戏言。她知当年的专情，不过是君王的权术。

她不过是他帝王之路的踏脚石。

罢了，罢了。

与其思量前尘，不如释然相忘。

长门宫，一个寻常的夜，陈阿娇与世长辞。

陈阿娇过世后，京城又发生了两桩"巫蛊案"。

第一桩，有人上书告发公孙敬声与汉武帝的女儿阳石公主利用"巫蛊"诅咒皇帝。最终，公孙家族被诛，阳石公主、诸邑公主以及卫子夫的侄子皆被牵连诛杀。

第二桩，奸臣江充趁汉武帝病重之时，上书汉武帝，称其病时巫蛊作祟，汉武帝命其严查此案。江充掘地求蛊，一时间，乌烟瘴气，人心惶惶，冤死者数万人。这桩案子，导致汉武帝父子相残,卫皇后自杀,诸多皇孙贵族遭难。

多年以后,汉武帝刘彻在《轮台罪己诏》中感叹道:"朕即位以来,所为狂悖,使天下愁苦,不可追悔。"

帝王也会后悔吗?

帝王也会后悔吧!

可是,悔又如何?那些逝去的人终是回不来了。

他成了真正的孤家寡人,一个人看尽江山,一个人等待花开,一个人无声老去。

爱他的,未能偕老,他爱的,离他而去。

或许,这是苍天对他的惩罚。

他的确是万民敬仰的好皇帝,兴办太学,北击匈奴,平定南越,功绩斐然,堪称千古一帝。可是,除却帝王这个身份,他并非一个好丈夫,也并非一个好父亲。

帝王之位,冰冷彻骨。他既是无情人,又是可怜人。

唯有年少之时,他才是真正的自己。

桃花流水,杏花微雨,那个热诚的孩子,肆意地牵起阿娇的手,许诺道:"我以后,定要造一座金屋子给她!"

他们,永远不回去了。

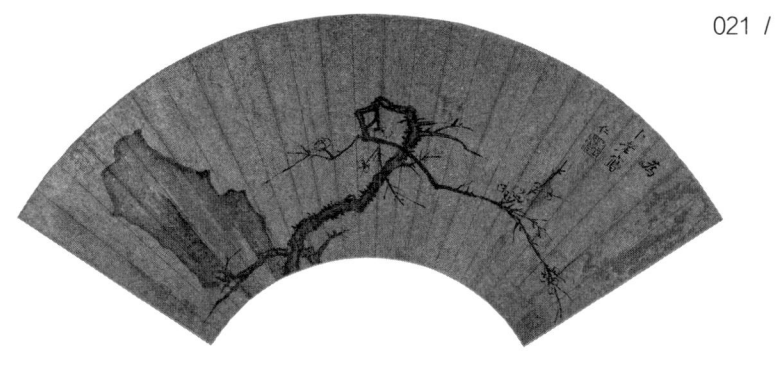

此君双眼明秋水

——西汉·刘向《邹忌讽齐王纳谏》

邹忌修八尺有余,而形貌昳丽。朝服衣冠,窥镜,谓其妻曰:"我孰与城北徐公美?"其妻曰:"君美甚,徐公何能及君也?"城北徐公,齐国之美丽者也。忌不自信,而复问其妾曰:"吾孰与徐公美?"妾曰:"徐公何能及君也?"旦日,客从外来,与坐谈,问之:"吾与徐公孰美?"客曰:"徐公不若君之美也。"明日,徐公来,孰视之,自以为不如;窥镜而自视,又弗如远甚。暮,寝而思之,曰:"吾妻之美我者,私我也;妾之美我者,畏我也;客之美我者,欲有求于我也。"

于是入朝见威王,曰:"臣诚知不如徐公美,臣之妻私臣,臣之妾畏臣,臣之客欲有求于臣,皆以美于徐公。今齐地方千里,百二十城,宫妇左右莫不私王,朝廷之臣莫不畏王,四境之内莫不有求于王。由此观之,王之蔽甚矣。"

王曰:"善。"乃下令:"群臣吏民能面刺寡人之过者,受上赏;上书谏寡人者,受中赏;能谤议于市朝,闻寡人之耳者,受下赏。"令初下,群臣进谏,门庭若市;数月之后,时时而间进;期年之后,虽欲言,无可进者。燕、赵、韩、魏闻之,皆朝于齐。此所谓战胜于朝廷。

正是人间春时,群芳吐蕊,花香沁脾。齐国王宫,一位男子走在悠长的宫巷中,此人便是邹忌,他身高八尺有余,容貌俊美,堪称齐国美男子。

暖风袭来,夹杂着春的幽香,刹那间,时光仿佛回到了从前。

那时候,齐王还是一个不理朝政的昏君,夜夜笙歌,醉生梦死,而"诸侯并伐,国且危亡,在于旦暮"。邹忌不忍齐国衰败,便以琴师的身份入宫谏言。

一个沉迷音律的君王,一个自称擅琴的乐师,就这样相遇了。

殿门半开,舒缓的琴音如流水般缓缓入耳,弹琴之人正是齐王。

一曲罢,邹忌称赞道:"好琴艺!"

齐王不悦,冷声问:"先生只听琴声,未曾仔细考察,怎知我的琴艺好?"

邹忌躬身一拜,恭敬地回道:"大王弹奏的大弦声音庄重,犹如君王;小弦声音清晰,犹如贤臣;大王抚琴的指法娴熟,所奏之音动听,犹如政令。五音和谐,大小相益,虽是邪曲，却不相互侵害，犹如四时。所以，我言大王琴艺高超。"

邹忌又道："其实，治理国家，安定百姓的道理也都在这琴中。"

齐王勃然动怒，区区一个琴师，岂知治国之道？

齐王问："治国之道与这琴瑟之音又有何关系？"

邹忌答："琴音反复而乱，则与国家昌盛有关；琴音连续而直，则与国家存亡有关；琴音调和，天下便可安宁。"

齐王闻言，颇觉有理，于是，便请邹忌弹琴。邹忌双手放于琴弦之上，只摆出弹琴的动作，并未真弹。齐王见状，怒斥道："为何不弹？"

邹忌道："我以弹琴为业，大王以治国为务，如今，大王懂治国之道而不治国，和我懂琴而不弹有什么两样？我懂琴，却不弹，便令大王不悦，大王身为一国之君，有国而不治，自然也令百姓不满。"

齐王幡然醒悟，任邹忌为相国，从此，励精图治，选贤任能，国力日强。那年的暖阳，那年的琴音，那年的谈话，都成了君臣二人难忘的回忆。

多年以后的一个清晨，邹忌对镜整理着衣冠，随口问妻子："我与城北徐公相比，谁美？"

妻子答："夫君美，徐公怎能比得上你？"

城北徐公乃是齐国美男子，同为美男子的邹忌，自然要比较一番。邹忌听了妻子之言，心中有些质疑，于是又问妾室，妾室也答："徐公哪能比得上你？"

第二日，有客人拜访，促膝相谈之时，他又问："我与徐公谁美？"

客答："徐公不如你美。"

后来，邹忌见到了徐公，他见徐公立如兰芝玉树，笑如朗月入怀，那等容貌，世间几人能及？后来，邹忌对镜自视，更觉相差甚远。

夜深人静，他独自躺在睡榻上，仔细思考着这件事情，叹道："我的妻子认为我美，是因偏爱我；我的妾室认为我美，是因畏惧我；我的客人认为我美，是因有求于我。"

如此一来，他便听不到半句真话。长此以往，岂非要活在谎言之中？这些年，他又受了多少蒙蔽？

次日，邹忌又入朝拜见齐王，将这桩事说与齐王听，又道："臣知自己的相貌不如徐公美，吾妻偏爱我，吾妾畏惧我，吾客有求于我，故而他们皆认为我美于徐公。如今，齐国有千里疆土，一百二十座城池，宫中的姬妾没有一个不偏爱大王，朝中的大臣没有一个不畏惧大王，全国的百姓没有一个不有求于大王。由此可见，大王所受的蒙蔽更甚。"

闻言，齐王下令："群臣、官吏、百姓，能当面斥责寡人过错的人，给予上等奖赏；能上书劝谏寡人的人，给予中等奖赏；能于市朝指责寡人，并传到寡人耳中的人，给予下等奖赏。"

令初下，群臣皆来谏言，门庭若市；数月以后，时不时会有人进谏；一年以后，即便有人想进谏，也没有什么话可说。

燕国、赵国、韩国、魏国闻知此事，皆往齐国拜见齐王。此所谓战胜于朝廷。内政修明，无须用兵，便可战胜别国。

《邹忌讽齐王纳谏》出自《战国策》，邹忌此人以讽喻善谏见称，深得齐王赏识。那时的邹忌才华横溢，从容大度，颇有君子之风。只是，置身于朝堂之中，那人却不似当年。昔日，臣改变了君，今朝，臣已无初心。

数年间，齐王重用了淳于髡、孙膑、田忌等人，其中田忌威望颇高，已威胁到邹忌的相国之位，成了邹忌心中的一根刺。他终是卷入了风波之中，成为诡计多端的小人，再无当年的风华。

公孙闲主动献计，对邹忌道："何不策动大王，命田忌率兵伐魏？若胜，便是相国的功劳；若败，便是田忌之错，即便他战而不死，也必死于军法之下。"

邹忌依计行事，劝说齐王派田忌讨伐魏国。

田忌三战三胜，邹忌急忙找公孙闲商量对策，公孙闲派人带着十斤黄金去往集市，自称是田忌将军的属下，对占卜的人道："田忌将军三战皆胜，声威天下，欲谋大事，不知是吉是凶？"

此人刚走，公孙闲便派人逮捕了占卜之人，于齐王面前验证其词。田忌得知自己遭人诬陷，只能出逃，避祸于楚国。

他们都曾是白衣志士，鲜衣怒马少年郎，驰骋沙场忠勇将，无愧于国，无愧于君。只是，朝堂诡谲，一朝踏错，万劫不复，多少人沦为权力的奴隶，越陷越深，终是被欲望所束缚，再难解脱。

邹忌，早已不是当年的邹忌。

也许，夜深之时，他也会想起那些往事，也会怀念从前的自己。那年的暖风吹动着衣袂，有匪君子，如切如磋……

听，那宫墙内又是谁在抚琴？

一曲一思，一弦一念。

那人知道，他已听不懂琴音。

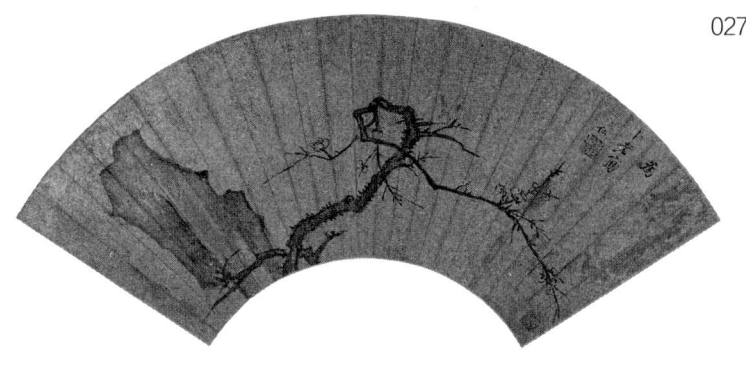

何事秋风悲画扇

——西汉·班婕妤《自悼赋》

承祖考之遗德兮,何性命之淑灵。登薄躯于宫阙兮,充下陈于后庭。蒙圣皇之渥惠兮,当日月之盛明。扬光烈之翕赫兮,奉隆宠于增城。既过幸于非位兮,窃庶几乎嘉时,每寤寐而累息兮,申佩离以自思,陈女图以镜监兮,顾女史而问诗。悲晨妇之作戒兮,哀褒、阎之为邮;美皇、英之女虞兮,荣任、姒之母周。

虽愚陋其靡及兮,敢舍心而忘兹?历年岁而悼惧兮,闵蕃华之不滋。痛阳禄与柘馆兮,仍褵褓而离灾,岂妾人之殃咎兮,将天命之不可求。白日忽已移光兮,遂晻莫而昧幽,犹被覆载之厚德兮,不废捐于罪邮。奉共养于东宫兮,托长信之末流。共洒扫于帷幄兮,永终死以为期。愿归骨于山足兮,依松柏之余休。

重曰:潜玄宫兮幽以清,应门闭兮禁闼扃。华殿尘兮玉阶苔，中庭蔓兮绿草生。广室阴兮帷幄暗，房栊虚兮风泠泠。感帷裳兮发红罗，纷綷縩兮纨素声。神眇眇兮密靓处，君不御兮谁为荣？俯视兮丹墀，思君兮履綦。仰视兮云屋，双涕兮横流。顾左右兮和颜，酌羽觞兮销忧。惟人生兮一世，忽一过兮若浮。已独享兮高明，处生民兮极休。勉娱情兮极乐，与福禄兮无期。《绿衣》兮《白华》，自古兮有之。

为什么百花会凋落？

为什么明月会西沉？

当一个女子开始沉思这些问题时，不是尘世抛弃了她，便是她要抛弃尘世。

深夜寒凉，秋风中，梧桐枯叶簌簌作响。

班婕妤已于殿外跪了多时，听着殿内的嬉笑声，内心没有一丝波澜。宫人通传了数次，殿门才缓缓打开，一阵胭脂粉味扑面而来，清甜余香环绕在鼻息间，那是帝王最贪恋的味道。

她知道，她又扰了他的美事。

他手执酒壶，漫不经心地晃动着，淡漠地问："何事？"

她俯身下拜："陛下，妾自知愚钝，无福侍君，甘愿入长信宫，常伴太后左右。"

闻言，帝王微微一怔，握着酒壶的手紧了紧："当真？"

"请陛下恩准。"她俯身，又是一拜。

帝王沉默不语，静静地凝视着眼前的人。月色柔和，映照着她的身影，温婉淡雅，宛若一株玉簪花。多久未曾这般认真地打量她？自从赵家姊妹入宫后，他便不再召见她。

他记得，上次见她，还是因为巫蛊案。许皇后行巫蛊之术诅咒宫中嫔妃，班婕妤素日与皇后交好，难逃嫌疑。于是，他当面拷问，她辩白道："妾听闻生死有命，富贵在天，做善事尚不能蒙福，做恶事还能有什么希望？若鬼神有知，便不会接受邪佞之言，若鬼神无知，诉之又有何益？故妾不会为之。"

他念及旧日之情，不再追究，并厚加赏赐，弥补对她的亏欠。

细细想来，这些年，他待她已经足够好了，不是吗？为什么她还要选择离去？她还有什么不满足？

帝王沉沉地叹了一口气，心烦意乱地挥了挥手："罢了！你且去吧！"

"妾叩谢陛下。"她又是一拜，起身时，鬓间的珠花不慎掉落地上，她并未在意，转身离去，走了几步，她忽然回眸，问道："陛下，可还记得妾年方几何？"

年方几何？他不懂她为何问这句话？他，的确不知道。

偌大的未央宫，此刻竟一片静默，他垂下头，盯着地上的珠花，哑然无声。他感到有些愧疚，甚至窘迫。想说什么，却什么也说不出口。

"妾告退。"她躬身行礼，苦笑而去。

大汉天子刘骜，这就是她爱过的男子，可怜，红颜未老恩先断。

你如此善变，我却还回望原点。

不久之后，一篇《自悼赋》传遍了汉宫。

那夜，帝王酒醉后无意间打翻了竹简，瞧见"自悼赋"三个字，耳畔回荡着一个熟悉的声音："陛下，可还记得妾年方几何？"

他仍想不起来……

也罢，也罢，日后，不会相见了。

听闻这篇赋是班婕妤所作，他便静着心读了下去……

这像是她半生的经历。

她生于功勋世家，其父是左曹、越骑校尉班况，满门忠烈，战功赫赫。明明是将门之女，却不动刀枪，只工诗赋。承奉祖辈之遗德，她始终保持着高尚的德行。

天子即位后，她被选入宫中，初为少使，后为婕妤。承蒙圣皇之恩，宠冠六宫，沐浴日月的盛明，享受隆盛的荣耀。

帝王读到"蒙圣皇之渥惠兮""奉隆宠于增城"这些语句时，不禁想起了那些旧事。爱情，大抵都是以美好开始……

他爱她，所以才会命人制造一辆较大的辇车，邀她同辇出游，她道："古来圣贤之君，皆是名臣在侧，夏、商、周三代的末主，才有嬖幸的妃子同坐。"他想与她形影不离，即便她拒绝了，他还是满心欢喜。

她称那段时光为"嘉时"，一生最幸福的时光。或许，爱情总容易让人患得患失，她常常在睡梦里叹息，手抬佩巾沉思不语，她也会对着宫中陈放的女子画像揽镜自照，时而回头，问女史一些问题。

这些，都是帝王所不知的事情。印象中，她端庄稳重，不急，不躁，不妒，不羡，喜怒不形于色，如一潭静水。只是，未曾想过，这潭静水竟也泛起微微涟漪。

她不愿成为褒姒、阎妻那般的女子，而以太任、太姒为楷模，她知自己愚陋，远不及她们贤淑，更不敢"舍心"而"忘恩"。多年来，她惶恐不安，忧虑华年无法延续，伤痛内宫所受遭遇，步步为营，谨小慎微，仍旧没有护住那个襁褓之中的孩子。

那是他们共同的痛。她曾生下一皇子，数月后夭折。自那以后，她变得少言寡语，他知道，她终是放不下。"岂妾人之殃咎兮，将天命之不可求"，所有的灾祸，岂是她之过错？天命如此，不可强求。

"天命……"帝王反复读着这两个字，是天命？还是人事？

当年，他微服游乐，于阿阳公主府遇见了赵飞燕。她舞姿轻盈，风情万种，妖艳得让人挪不开眼睛。他先是将赵飞燕带回宫中，几日后，又下令将其妹赵合德召入宫中。姐妹二人俱为婕妤，贵倾后宫。

他承认，他贪恋美色，他喜新厌旧。可是，那又怎样？帝王不都是如此吗？不爱就是不爱了，这不是"天命"，是"人事"，是他的选择。

她委屈什么？她抱怨什么？他已经赏赐了她，补偿了她，她为何还是不肯原谅？她一向很懂事，不是吗？

帝王无奈地摇摇头，无心读下去，随手将竹简弃置一旁，沉沉睡去。

宫灯照映着散落的竹简,那一行行鸳鸯小字,如果他继续读下去,一定会发现,她不曾埋怨,亦未憎恨,从始至终,她都爱着他。

"白日忽已移光兮,遂晻莫而昧幽",那白日忽而移光,黄昏已至,四周陷入幽暗。长信宫中,她的心依旧被旧日恩泽覆盖着,满怀厚德,不愿将它们抛弃。她日日侍奉皇太后,自请于长信宫宫人的后列,与宫女一同洒扫寝殿,直到终死。

如果有一日,她芳魂归去,只愿她的尸骨能葬于青山脚下,坟墓能依傍苍翠松柏。

君不见，宫室清冷朱门闭，华殿落尘，玉阶生苔，中庭荒芜，绿草丛生。帷幄之中，阴冷幽暗，寒风呼啸。

女子感慨着，昔日的帷裳还透着红光，素绢飘动，沙沙作响。可怜一室安静，君王不御，谁为荣？

她登上高楼，望着远处的未央宫，那里依旧灯火辉煌，为漆黑的夜染映上暖暖的光，笙歌不休，纸醉金迷。今夜，他又醉倒在哪位美人的膝上？

旧物不堪看，满眼尽相思。她俯视殿前的台阶，思念着天子留下的足迹，她仰望冷寂的宫室，双眸泪水横流。看着左右一张张和悦的面孔，不知心中的哀伤和谁诉说，只能斟满烈酒，以此消愁。

人生一世，忽而一过，如天边浮云。她已经独享人间的富贵，居于庶民眼中最好的地方。既是衣食无忧，就该知足认命，纵情于无期的福禄之中。可是，为何她如此感伤？为何拿不起、放不下？

她在《诗经》中找到了答案，那《绿衣》《白华》两篇诗文，正是讲述失宠之人。原来，这样的女子，自古有之。

绿衣

绿兮衣兮，绿衣黄里。心之忧矣，曷维其已！

绿兮衣兮，绿衣黄裳。心之忧矣，曷维其亡！

绿兮丝兮，女所治兮。我思古人，俾无訧兮。

绨兮绤兮，凄其以风。我思古人，实获我心！

白华

白华菅兮，白茅束兮。之子之远，俾我独兮。
英英白云，露彼菅茅。天步艰难，之子不犹。
滮池北流，浸彼稻田。啸歌伤怀，念彼硕人。
樵彼桑薪，卬烘于煁。维彼硕人，实劳我心。
鼓钟于宫，声闻于外。念子懆懆，视我迈迈。
有鹙在梁，有鹤在林。维彼硕人，实劳我心。
鸳鸯在梁，戢其左翼。之子无良，二三其德。
有扁斯石，履之卑兮。之子之远，俾我疧兮。

　　她们的心，总有填不满的遗憾。也许，这一生，最值得追忆的事情，便是初见。

　　至少，那时候，他们还相信天长地久。

　　世人总说，古代女子的诗文皆是伤春悲秋之语。我想，那是因为封建礼教束缚了她们的才华，若她们能走出深宅，领略大漠孤烟，泛舟水墨江南，甚至，如男子一般科考、从军、为官、议政，她们的笔下又如何写不出壮丽的诗篇！

　　假如班婕妤未曾入宫，而是如父亲般驰骋疆场，她的人生也不会困于一个"情"字。

　　情不知所起，一往而深。情不知所终，一往而殆。

　　总有一日，她的爱会消失。

钗裙不让须眉

——东汉·班昭《东征赋》

惟永初之有七兮,余随子乎东征。时孟春之吉日兮,撰良辰而将行。乃举趾而升舆兮,夕予宿乎偃师。遂去故而就新兮,志怆恨而怀悲!

明发曙而不寐兮,心迟迟而有违。酌樽酒以弛念兮,喟抑情而自非。谅不登樔而椓蠡兮,得不陈力而相追。且从众而就列兮,听天命之所归。遵通衢之大道兮,求捷径欲从谁?乃遂往而徂逝兮,聊游目而遨魂!

历七邑而观览兮,遭巩县之多艰。望河洛之交流兮,看成皋之旋门。既免脱于峻崄兮,历荥阳而过卷。食原武以息足,宿阳武之桑间。涉封丘而践路兮,慕京师而窃叹!小人性之怀土兮,自书传而有焉。

遂进道而少前兮,得平丘之北边。入匡郭而追远兮,念夫子之厄勤。彼衰乱之无道兮,乃困畏乎圣人。怅容与而久驻兮，忘日夕而将昏。到长垣之境界，察农野之居民。睹蒲城之丘墟兮，生荆棘之榛榛。惕觉寤而顾问兮，想子路之威神。卫人嘉其勇义兮，讫于今而称云。蘧氏在城之东南兮，民亦尚其丘坟。惟令德为不朽兮，身既没而名存。

惟经典之所美兮，贵道德与仁贤。吴札称多君子兮，其言信而有征。后衰微而遭患兮，遂陵迟而不兴。知性命之在天，由力行而近仁。勉仰高而蹈景兮，尽忠恕而与人。好正直而不回兮，精诚通于明神。庶灵祇之鉴照兮，佑贞良而辅信。

乱曰：君子之思，必成文兮。盍各言志，慕古人兮。先君行止，则有作兮。虽其不敏，敢不法兮？贵贱贫富，不可求兮。正身履道，以俟时兮。修短之运，愚智同兮。靖恭委命，惟吉凶兮。敬慎无怠，思嗛约兮。清静少欲，师公绰兮。

公元113年，一纸诏书，将年迈的班昭"请离"了京城。

马车缓缓驶过荒芜的长路，西风残，草木凄，谁道离人不可怜？飘零时，余生尽是风雨。

她本是大汉最闪耀的才女，敢为天下先，在那个男尊女卑的年代，她以女子之身，著史书，议政事，成就半世风华。

然而，最是无情帝王家。

常言道：飞鸟尽，良弓藏，狡兔死，走狗烹。

她不过是皇室掌中的一枚棋子罢了！

班昭，字惠班，出身于显赫之家。父亲班彪博学多才，一生专注于史学著述。长兄班固，九岁能属文，十六岁入太学，后撰写《汉书》。另一位兄长班超，投笔从戎，抗击匈奴，平定西域诸国，官至西域都护，封定远侯。而她，十四岁嫁曹世叔为妻，夫君英年早逝，她便独自抚养年幼的儿子曹成，夙夜劬心，含辛茹苦。

班氏满门忠臣，无愧于大汉王朝。可是，忠心又如何？一旦触动皇室利益，便是性命不保。

自父亲过世后，长兄班固便在父亲《史记后传》的基础上撰写《汉书》，历时二十多年。而后，班固投身军营，跟随窦宪北攻匈奴，立下汗马功劳。

永元四年（92），窦宪谋反被杀，班固受到株连，含冤入狱，同年死于狱中。兄长之死，永远是横在班昭心头的一根刺。她再也不信什么"君圣臣贤"。君就是君，臣就是臣，君要臣死，臣不得不死，这才是君臣之道。

班固过世，《汉书》尚未完成，皇帝下诏命班昭入东观藏书阁，续写《汉书》，又请班昭入宫教授后妃们读诗学史。

那时候，宫中上下皆尊称她为"曹大家"。

她结识了一位位久居深宫的女子，或是温婉大方，或是跋扈嚣张，或是国色天香。她们明争暗斗，为了争夺帝王恩宠，无所不用其极。唯有那个叫邓绥的贵人，恭谦肃穆，行事谨慎，小心翼翼。

某日午后，那姑娘拿着竹简，疾步来到她的书房，怯生生地道："小女有一事不明，求教曹大家。"

班昭抬起头，对视的一瞬间，便知这个女子不同于寻常女子。

或许觉得她颇有天资，或许觉得她像极了年轻时的自己，班昭待她如亲生姐妹，教她待人之道，教她处事之要，扶持邓绥一步步登上皇后之位。班昭倾尽所有为她铺平道路，终于，望见了她身披华服，受万人朝拜。

史书记载："及邓太后临朝，（班昭）与闻政事。以出入之勤，特封子成关内侯，官至齐相。"邓绥不仅仅成了皇后，也成了临朝执政的太后，而班昭，始终站在她的身后，成为指路的灯，杀人的剑。

邓绥加封班昭之子曹成为关内侯，准许班昭"干政"。从此以后，再无人能撼动班氏一族的地位。

可是，人无千日好，花无百日红，恩宠终有散尽时。

当天下安稳，大局已定，班昭的权势何尝不是一种威胁？皇家一纸诏令，命曹成出任陈留郡长垣长，班昭随子迁居陈留。

她知道，邓绥已不再需要自己。

昔日挚友虽未刀剑相向，却也是陌路离心。

永初七年（113），孟春时节，择良辰吉日，启程东行。

此时，她已是白发苍苍的老人，回望古道，尽是沧桑。她将这一路的所见所感写于文章中，名曰：《东征赋》。

清晨，登上车路，傍晚，宿于偃师。离开久居的京城，去往陌生的新居，越行越远，越远越伤。

"明发曙而不寐兮，心迟迟而有违。"夜晚，她辗转难眠，直到天明仍无法入睡，满腹心事，不知如何与命运抗争。

这一生,她无愧大汉,不负君主,却落得如此凄凉。

她端起酒杯,一杯杯入喉,却仍无法排解忧愁。只恨没能出生在上古时代,无法施展自己的才能,如今,不得不顺应时代,等待命运安排的归宿,任由灵魂四处遨游。

北行之路,她"历七邑而观览",一城一印象,一步一回望。

巩县,道路之艰险。成皋县,旋门之壮观。荥阳城,山岗之险峻。午时,在原武县歇脚用餐;晚上,便露宿于阳武县的桑林之间。涉过封丘的山川河流,再望京师,已是遥遥千里。

她又走入匡郭之地,不禁追忆历史,想起孔夫子受困的情景,叹道:"彼衰乱之无道兮,乃困畏乎圣人。"

当年,孔子途经匡地,匡人发现孔子的样貌极似鲁国季孙大夫家臣阳虎。阳虎任职时残暴不仁,使得民怨载道,匡人欲趁此机会报复阳虎,遂围困孔子整整五日。

孔子则是从容不迫地安慰弟子们:"文王既没,文不在兹乎?天之将丧斯文也,后死者不得与于斯文也。天之未丧斯文也,匡人其如予何?"

孔子认为,他是礼乐文化的传播者,承担重任,早已不畏生死,匡人又能拿他如何?

匡人闻言,方知是一场误会,便放其离去。

班昭引用"圣人之困",感叹"乱世无道"。她久久伫立于那片土地,惆怅独悲,不知不觉间,暮色降临,又迎来了孤独的黑夜。

次日,他们到了长垣县,察访民情。随后,她又目睹了蒲城古迹,那里已是一片废墟,荆棘丛生,草木芜秽。蒲城,圣贤蘧瑗的故里,子路曾在此为官,卫人皆传颂他们的事迹。

班昭称赞道:"惟令德为不朽兮,身既没而名存。"

圣贤的美德将永垂不朽,身躯虽已埋于黄土,但名望长存于世间。吴地公子季札言:"卫国君子多而无患。"

卫国因有君子的美德与仁贤而无忧患。只可惜,后来此地灾患不断,衰败过后,再无兴盛。或许,这也是天命吧!

班昭认为,命运从不在自己的手中。她唯一能做的事情,便是尽可能地接近圣贤,坚持德行高尚,常怀宽恕之心,善良正直,且无怨无悔。她希望神明知晓自己的精诚,愿神明监察她的一言一行,保佑她赤诚的辅佐之心不被辜负。

命数如何解?世间的贵贱贫富不可强求,只愿一生洁身自好,等待命运的转机,无论命运是凶是吉,皆从容相迎。

她的忠心,日月可鉴,那位深宫故人知不知?

班昭过世时,已年逾古稀,邓太后闻之,长叹数声,泪水濡湿了华裳。

那日,邓绥身着一袭素服,将故人的文章,念了又念。

最是难忘故人情,故人啊,已入黄泉。

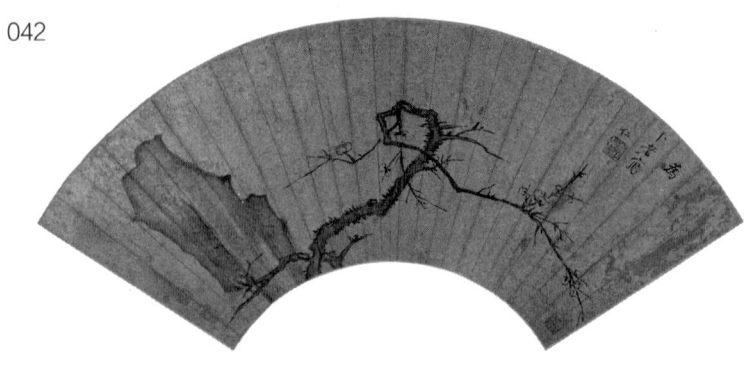

与妻书

——东汉·秦嘉《与妻徐淑书》

不能养志,当给郡使,随俗顺时,僶俛当去,知所苦故尔。未有瘳损,想念悒悒,劳心无已。当涉远路,趋走风尘,非志所慕,惨惨少乐。又计往还,将弥时节,念发同怨,意有迟迟,欲暂相见,有所属托。今遣车往,想必自力。

旧时信笺三两行,字字深情相思长。
这一笔,是拂不去的回忆;那一笔,是留不住的故人。
遥遥寄去一纸书,期待着,温暖的回音。
这是一对平凡的夫妻。
秦嘉,东汉年间陇西人,为郡吏。
徐淑,性情温婉,通诗文。
初见之时,他是壮志凌云的少年,她是不谙世事的闺秀,门当户对,郎才女貌。心有灵犀之人,无需过多的言语,只要刹那的对视，便有了余生。十里红妆，宜室宜家，那些繁文缛节，此时竟也不觉得疲惫。

婚后，夫妻二人琴瑟和鸣，伉俪情深。唯一遗憾的是，徐淑体弱多病，不忍夫君为其操劳，便回娘家休养，与夫君聚少离多。

那年，秦嘉奉命赴洛阳，临行前，欲见妻子一面。于是，派遣车马去接妻子，并写下这封信《与妻徐淑书》。信中没有华丽的辞藻，他用最质朴的话语，道出最深的情感。

他在信中说："现实总是如此残酷，为了生活，我只能放弃曾经的理想，成了郡守的属官，如许多俗人一样，奔波于仕途，这其中自有无数苦衷！自从知道你的病未见好转，我便牵肠挂肚，忧心如焚。我即将踏上远去的道路，行走于风尘之中，这并非我想要的生活，我时常为此而郁郁不乐。算算往返的时日，实在太久，我的内心如此哀愁，多么想晚走几日，别离之前，短暂地见一面，同你说说话。现在，我派了车子去接你，希望你能来。"

徐淑收到信后，由于身体还未康复，不愿成为夫君的累赘，便回了一封《答夫秦嘉书》：

知屈珪璋，应奉藏使，策名王府，观国之光，虽失高素皓然之业，亦是仲尼执鞭之操也。自初承问，心愿东还，迫疾惟宜，抱叹而已。日月已尽，行有伴例，想严庄已办，发迈在近。谁谓宋远，企予望之。室迩人遐，我劳如何？深谷逶迤，而君是涉；高山岩岩，而君是越，斯亦难矣。长路悠悠，而君是践；冰霜惨烈，而君是履，身非形影，何得动而辄俱？体非比目，何得同而不离？于是咏萱草之喻，以消两家之思，割今者之恨，以待将来之欢。今适乐土，优游京邑，观王都之壮丽，察天下之珍妙，得无目玩意移，往而不能出耶！

她在信中说："君如美玉，即将成为官员，位列于王府，观京都风格。虽不是高素皓然之业，却也是圣人孔子追求的目标。自从收到你的信，便想着能相见，怎奈顽疾未愈，无法赴约，只能叹息而已。已到了出行之日，行李都整理好了吧！谁言洛阳遥远，我抬起头便望见。我居室中，君居远方，我有何辛劳？我知道，那深谷逶迤，君要跋涉；那高山峻岭，君要翻越；那长路漫漫，君要行过；那冰霜凛冽，君要承受。我的身体无法化为你的影子，紧紧跟随着你，我又无法成为比目鱼，与你同而不离。我只能一遍又一遍地吟咏着萱草之诗，以解心中之思。希望可以割舍如今的忧愁，以待将来团聚之欢。你前往京都的乐土，观王都丽景，赏天下珍宝，且不可目乱神迷，往而不思归。"

秦嘉日思夜盼，没等来熟悉的身影，只等到了空荡荡的马车，以及这封信。信中有劝慰，有思念，有遗憾，有深情，字字未提相思，字字皆是相思。女子的爱是那么沉默，在相伴与相离之间，她选择了相离。相濡以沫不如暂时相忘，君行长路，卿待君归。

这一等，又将是多少个春秋？

月照离人泪，秦嘉又写下了第二封信《重报妻书》。信中写道:"车还空反,甚失所望,兼叙远别,恨恨之情,顾有怅然。间得此镜,既明且好,形观文彩,世所希有,意甚爱之,故以相与。"还送了宝钗一双,好香四种,自己常弹的素琴一张。说"明镜可以鉴形,宝钗可以耀首,芳香可以馥身,素琴可以娱耳"。

他说:"马车空返,甚是失望。本想离别前,对你一诉衷肠,如今,却是我独自怅然。最近,我得到一面铜镜,既清晰又美观,形状与花纹,皆是世间少有。我甚是钟爱,便寄给你。"至于为什么还送上宝钗一双,香料四种,素琴一张,是因为"明镜可照身影,宝钗可饰发髻,香料可以馥身,素琴可以娱乐"。

既然注定要分离,那么便留下些回忆吧!她对镜梳妆时,会想起他;她轻抚云鬓时,会想起他;她焚香操琴时,会想起他。

从此,那些孤独的时光也不再难熬了吧!

《诗经》言:"投我以木瓜,报之以琼琚。"

徐淑收到这些物品后,也为夫君准备了拂尘、手巾、金错碗、琉璃碗等物,并回信《又报嘉书》:

既惠音令,兼赐诸物,厚顾殷勤,出于非望。镜有文彩之丽,钗有殊异之观,芳香既珍,素琴益好。惠异物于鄙陋,割所珍以相赐,非丰恩之厚,孰肯若斯?览镜执钗,情想仿佛;操琴咏诗,思心成结。敕以芳香馥身,喻以明镜鉴形,此言过矣,未获我心也。昔诗人有飞蓬之感,班婕妤有谁荣之叹。素

琴之作，当须君归；明镜之鉴，当待君还。未奉光仪，则宝钗不设也；未侍帷帐，则芳香不发也。今奉旄牛尾拂一枚，可以拂尘垢；越布手巾二枚；严器中物几具；金错碗一枚，可以盛书水；琉璃碗一枚，可以服药酒。

她说："信，收到了，物，也收到了。承蒙牵挂，诸多礼物，实在超出了我的期望。明镜精美，宝钗奇异，香料珍贵，素琴悦耳。你将如此奇珍异宝送给我这鄙陋之人，若非情深，谁肯这么做？我对着明镜，拿着宝钗，仿佛回到了我们操琴咏诗的时光，心有千千相思结。夫君让我以香料馥身，以明镜鉴形，此话便说得不对了。你还是不懂我的心啊！昔日，诗人有'自伯之东，首如飞蓬。岂无膏沐？谁适为容'之感，班婕妤也有'君不御兮谁为荣'之叹。若你不在我的身旁，这些明镜、宝钗、香料、素琴，又有何用呢？素琴之作，须等君还，明镜之鉴，当待君归。未奉光仪，宝钗不设；未侍帷帐，芳香不发。"

郎君啊郎君，我们隔着关山重重，路有多远，心有多念。

不知从何时开始，秦嘉开始习惯了遥望故里，默默等待着她的锦书。从破晓等到黄昏，又从黑夜等到黎明，哪怕梦里，也全是她的笑容。

而远方的她，独对空楼，眺望远方，伫立徘徊。日日思君不见君，长吟咏叹泪沾衣。她一直等待，等他归来之时，亲手为她绾起青丝。

她啊！终是没有等来那个人。

秦嘉到洛阳后，被任为黄门郎，后不幸染病，病逝于任。命如琴弦，匆匆便断了一世的念。

古宅里，女子翻开泛黄的信笺，指尖轻颤，默默不言。谁言见字如面？永远再难相见。

何年何月的一别，竟成了最后一眼。

他们的故事定格在了那个苍凉的时代，故事的结局是：没有以后了。

终是负了佳期，又负了今夕。

总以为还有无数个明天，总以为还有无数次重逢，总以为还有……

其实，我们哪里拥有无数次？错过便是错过，遗憾便是遗憾。

历史对于二人的记载太少，只有只字片语，以及这些书信。

不过，也足够了，这是他们爱过的证据。

千年前，曾有人爱得那么深情，千年后，多少人又在互相错过？我们笑笑谈谈，说着未来很长，其实，未来很短。

希望，蓦然回首时，所爱之人正在灯火阑珊处。

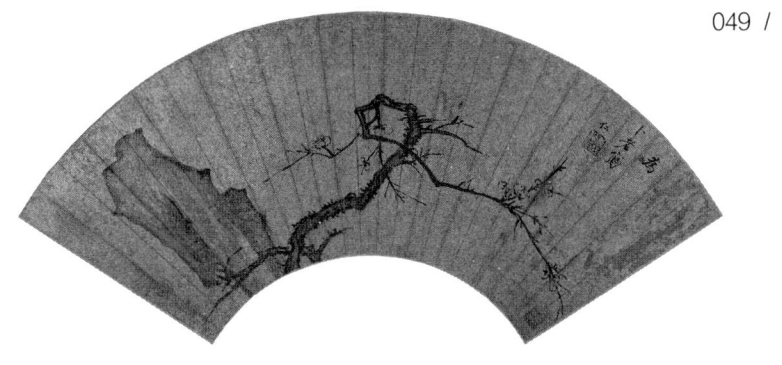

出师一表真名世

——蜀汉·诸葛亮《前出师表》

先帝创业未半而中道崩殂,今天下三分,益州疲弊,此诚危急存亡之秋也。然侍卫之臣不懈于内,忠志之士忘身于外者,盖追先帝之殊遇,欲报之于陛下也。诚宜开张圣听,以光先帝遗德,恢弘志士之气,不宜妄自菲薄,引喻失义,以塞忠谏之路也。

宫中府中,俱为一体;陟罚臧否,不宜异同。若有作奸犯科及为忠善者,宜付有司论其刑赏,以昭陛下平明之理,不宜偏私,使内外异法也。

侍中、侍郎郭攸之、费祎、董允等,此皆良实,志虑忠纯,是以先帝简拔以遗陛下。愚以为宫中之事,事无大小,悉以咨之,然后施行,必能裨补阙漏,有所广益。

将军向宠,性行淑均,晓畅军事,试用于昔日,先帝称之曰能,是以众议举宠以为督。愚以为营中之事,事无大小,悉以咨之，必能使行阵和穆，优劣得所也。

亲贤臣，远小人，此先汉所以兴隆也；亲小人，远贤臣，此后汉所以倾颓也。先帝在时，每与臣论此事，未尝不叹息痛恨于桓、灵也。侍中、尚书、长史、参军，此悉贞亮死节之臣，愿陛下亲之信之，则汉室之隆，可计日而待也。

臣本布衣，躬耕于南阳，苟全性命于乱世，不求闻达于诸侯。先帝不以臣卑鄙，猥自枉屈，三顾臣于草庐之中，咨臣以当世之事，由是感激，遂许先帝以驱驰。后值倾覆，受任于败军之际，奉命于危难之间，尔来二十有一年矣。

先帝知臣谨慎，故临崩寄臣以大事也。受命以来，夙夜忧叹，恐托付不效，以伤先帝之明，故五月渡泸，深入不毛。今南方已定，兵甲已足，当奖帅三军，北定中原，庶竭驽钝，攘除奸凶，兴复汉室，还于旧都。此臣之所以报先帝而忠陛下之职分也。至于斟酌损益，进尽忠言，则攸之、祎、允之任也。

愿陛下托臣以讨贼兴复之效，不效，则治臣之罪，以告先帝之灵。若无兴德之言，则责攸之、祎、允之咎，以彰其慢。陛下亦宜自谋，以咨诹善道，察纳雅言，深追先帝遗诏，臣不胜受恩感激。今当远离，临表涕泣，不知所云。

白帝城，阳春三月，草长莺飞，岚烟缥缈。

自夷陵战败后，刘备便一病不起。浮生多少恨，尽头皆成空。病榻之上，遥想当年，这一生如梦匆匆，桃园结义，征讨董卓，三顾茅庐，戎马奔波，世间冷暖皆尝了几分，尚有遗憾未平，心愿未了。

弥留之际,刘备已开始交代后事。

他对诸葛亮道:"君才十倍曹丕,必能安国,终定大事。若嗣子可辅,辅之;如其不才,君可自取。"

诸葛亮回道:"臣敢竭股肱之力,效忠贞之节,继之以死。"

那日,春光如许,却是一人独对春深。

四月二十四日,刘备病逝于永安宫,蜀汉一片缟素,六军恸哭。

诸葛亮望着蜀汉的山河,那是君臣一同打下的疆土,是千千万万个日夜牵挂的盛世。

故人长辞,从今往后,这江山便由他守护。

新帝刘禅,便是那个扶不起的阿斗,平庸至极。

诸葛亮未曾忘记先帝临终的遗言:"如其不才,君可自取。"

他该如何自取?是另立新帝?还是取而代之?

刘备共有四子,刘封为义子,已赐死。二子刘禅,刘备称帝后,封其为皇太子,命诸葛亮亲自抄写《申子》《韩非子》《管子》《六韬》等书让太子学习,又令太子学武,掌握治国之道,足见先帝对其看重。三子刘永、四子刘理皆年幼。诸葛亮如何自取?这本就是无解之题。他只能竭尽全力辅佐新帝,死而后已。因为,这是承诺。

公元226年,魏文帝曹丕驾崩,其子曹叡继位,次年春,诸葛亮决定北伐,临行前,上书后主,即《前出师表》。

"表"是古代臣子向帝王上书陈情言事的一种文体。出师一表，满纸真情，未有一句华美辞藻，却感人肺腑。这是一位臣子诉说半生的坎坷，也是一位谋士筹划汉室的未来，乱世兴衰，皆在字里行间。

　　"先帝创业未半而中道崩殂"，第一句便提到"先帝"，刘备生于公元161年，公元221年称帝，从贩履之徒到蜀汉君主，他用了整整六十年。几经生死，几度败北，却是未曾放弃复兴汉室。只可惜，人生如寄，大业未半，便中途驾崩。

　　缅怀先帝后，便是分析天下局势，提出建议。

　　第一，广开言路。如今，天下分为三国，曹魏、蜀汉、东吴。蜀汉国力薄弱，人力疲惫，民生凋敝，这确是蜀汉危急存亡之时。侍卫臣僚于朝廷之内勤劳不懈，忠志将士于战场之上奋不顾身。他们之所以如此忠心，是因为他们追念先帝对他们的特殊厚遇，想要报答陛下。陛下应广泛地听取臣子的意见，以发扬先帝遗德，以振奋志士之气。不应妄自菲薄，引喻失义，以阻塞忠臣进谏之路。

　　第二，赏罚分明。皇宫中与朝廷中本是一体，赏罚褒贬，不应有所不同。若是有作奸犯科及忠善之人，应交给主管官吏，论其奖惩，以彰显陛下公正严明，不应偏私，使宫内与朝廷赏罚有异。

　　第三，亲贤远佞。此时蜀汉朝廷中的贤才已所剩无几，诸葛亮也仅是提到了四人：郭攸之、费祎、董允、向宠。侍中、侍郎郭攸之、费祎、董允等人，皆是善良诚实之人，志虑忠纯，故而先帝选拔他们来辅佐陛下。宫中之事，无论大小，都应咨之问之，然后施行，必能弥补疏漏之处，有所广益。将军向宠，性行淑均，通晓军事，昔日，先帝任由之时，便称赞其才能，因此，众人举荐他为中部督。军中之事，悉以咨之，必能使军中和睦，优劣得所。

王朝兴衰，离不开统治者的治国之道。先汉之所以兴盛，是因为君主重用人才，远离奸佞。后汉之所以衰败，是因为君主昏庸无道，诛杀忠良。他记得先帝在世时，也时常会谈论此事，对于桓帝、灵帝的所作所为，无不叹息痛恨。

他忧心后主不辨忠奸，便再次提醒："侍中、尚书、长史、参军，此悉贞亮死节之臣，愿陛下亲之信之，则汉室之隆，可计日而待也。"若要兴复汉室，必须依靠这些忠臣。

复兴汉室，那是先帝一生所愿。为了这个心愿，先帝曾奔走多地，四处求贤。

他又讲述了自己的经历："臣本是布衣百姓，于南阳躬耕，乱世之中，只求苟且保全性命，不求扬名于诸侯之中。先帝不因臣的身份卑微，猥自枉屈，三顾茅庐，咨臣时局大事。"

隆中对，一个谦卑有礼，一个侃侃而谈。此后，诸葛亮便为刘备奔走效劳，受任于败军之际，奉命于危难之间，转眼间，已有二十一年了。

他永远也忘不了先帝的那句："孤之有孔明，犹鱼之有水也。"

因为信任，所以相伴。故而，先帝临终前，愿意将国家大事托付给他，知他小心谨慎，知他忠心耿耿。

只是，自从接受遗命以来，夙夜忧叹，唯恐不能完成先帝托付之事，以伤先帝知人之明。故而南征，五月渡泸，深入不毛之地。如今，南方已平，兵甲已足，正是率领三军伐魏之时。

"攘除奸凶，兴复汉室，还于旧都"，这不仅仅是他的心愿，也是先帝的心愿。为此，他甚至立誓：若不成，便治罪，以告慰先帝在天之灵。

"今当远离，临表涕泣，不知所云。"先生写下这篇《前出师表》时，百感交集，挥笔成书，他也未曾察觉，竟先后十三次提及"先帝"，七次提到"陛下"。那一句句"先帝"，是绵绵不绝的思念，那一句句"陛下"，是不改初心的期望。

或许，他早知汉室颓废，天命难违，却还是选择五次出师，北上伐魏。哪怕有万分之一的可能，也要率军一战。

因为，那是先帝的遗愿。

公元234年，诸葛亮病逝于北伐途中。星辰陨落，留下多少遗憾，多少无奈。

五百多年后，唐代诗人杜甫来到锦官城，探访诸葛武侯祠时，写下《蜀相》：

> 丞相祠堂何处寻？锦官城外柏森森。
> 映阶碧草自春色，隔叶黄鹂空好音。
> 三顾频烦天下计，两朝开济老臣心。
> 出师未捷身先死，长使英雄泪满襟。

有的人，生不逢时，有志难舒；有的人，留心世事，垂垂老矣。生命多少遗憾，多少愁怨，我们终是凡夫俗子，难解一世沧桑。算破天机，料事如神，却是无力回天。

那座荒凉的祠堂，那段辉煌的历史，那个孤独的诗人，凭吊处，尽是英雄血泪。

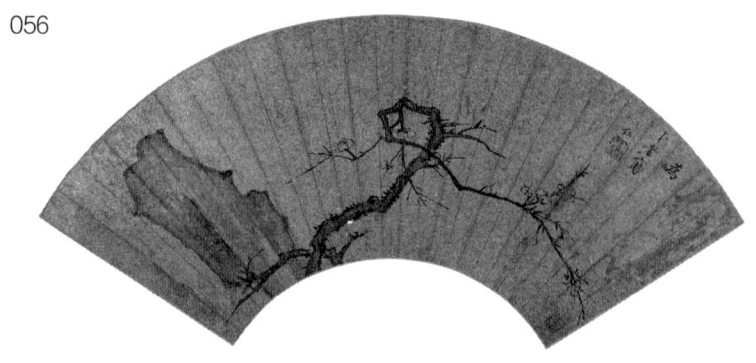

有美人兮,见之不忘

——魏·曹植《洛神赋》

黄初三年,余朝京师,还济洛川。古人有言:斯水之神,名曰宓妃。感宋玉对楚王神女之事,遂作斯赋。其辞曰:

余从京域,言归东藩,背伊阙,越轘辕,经通谷,陵景山。日既西倾,车殆马烦。尔乃税驾乎蘅皋,秣驷乎芝田,容与乎阳林,流眄乎洛川。于是精移神骇,忽焉思散。俯则未察,仰以殊观。睹一丽人,于岩之畔。乃援御者而告之曰:"尔有觌于彼者乎?彼何人斯,若此之艳也!"御者对曰:"臣闻河洛之神,名曰宓妃。然则君王之所见也,无乃是乎!其状若何?臣愿闻之。"

余告之曰:其形也,翩若惊鸿,婉若游龙。荣曜秋菊,华茂春松。仿佛兮若轻云之蔽月,飘飖兮若流风之回雪。远而望之,皎若太阳升朝霞;迫而察之,灼若芙蕖出渌波。秾纤得衷,脩短合度。肩若削成,腰如约素。延颈秀项,皓质呈露。芳泽无加，铅华弗御。云髻峨峨，修眉联娟。丹唇外朗，皓齿内鲜。明眸善睐，靥辅承权。瑰姿艳逸，仪静体闲。柔情绰态，媚于语言。奇服旷世，骨像应图。披罗衣之璀粲兮，珥瑶碧之华琚。戴金翠之首饰，缀明珠以耀躯。践远游之文履，曳雾绡之轻裾。微幽兰之芳蔼兮，步踟蹰于山隅。于是忽焉纵体，以遨以嬉。左倚采旄，右荫桂旗。攘皓腕于神浒兮，采湍濑之玄芝。

余情悦其淑美兮，心振荡而不怡。无良媒以接欢兮，托微波而通辞。愿诚素之先达兮，解玉佩以要之。嗟佳人之信修兮，羌习礼而明诗。抗琼珶以和予兮，指潜渊而为期。执眷眷之款实兮，惧斯灵之我欺。感交甫之弃言兮，怅犹豫而狐疑。收和颜而静志兮，申礼防以自持。

于是洛灵感焉，徙倚彷徨。神光离合，乍阴乍阳。竦轻躯以鹤立，若将飞而未翔。践椒涂之郁烈，步蘅薄而流芳。超长吟以永慕兮，声哀厉而弥长。尔乃众灵杂遝，命俦啸侣。或戏清流，或翔神渚，或采明珠，或拾翠羽。从南湘之二妃，携汉滨之游女。叹匏瓜之无匹，咏牵牛之独处。扬轻袿之猗靡，翳修袖以延伫。体迅飞凫，飘忽若神。凌波微步，罗袜生尘。动无常则，若危若安；进止难期，若往若还。转眄流精，光润玉颜。含辞未吐，气若幽兰。华容婀娜，令我忘餐。

于是屏翳收风，川后静波。冯夷鸣鼓，女娲清歌。腾文鱼以警乘，鸣玉銮以偕逝。六龙俨其齐首，载云车之容裔。鲸鲵踊而夹毂，水禽翔而为卫。于是越北沚，过南冈，纡素领，回清扬。动朱唇以徐言，陈交接之大纲。恨人神之道殊兮，怨盛年之莫当。抗罗袂以掩涕兮,泪流襟之浪浪。悼良会之永绝兮,哀一逝而异乡。无微情以效爱兮,献江南之明珰。虽潜处于太阴,长寄心于君王。忽不悟其所舍,怅神宵而蔽光。

于是背下陵高,足往神留。遗情想像,顾望怀愁。冀灵体之复形,御轻舟而上溯。浮长川而忘反,思绵绵而增慕。夜耿耿而不寐,沾繁霜而至曙。命仆夫而就驾,吾将归乎东路。揽骓辔以抗策,怅盘桓而不能去。

黄初三年(222),东风拂过洛阳城,几人失意,几人得意。

曹丕即帝位已有三年,虽已执掌天下,却还是战战兢兢。多少次午夜梦回,总忘不了当年的那场世子之争。明枪暗箭,尔虞我诈,权力之下,皆是忠臣良将的累累白骨。

曹植,他的同胞弟弟,亦是他的眼中钉,肉中刺。他念及母亲卞氏的怜子之心,迟迟没有痛下杀手,将其数次徙封,先是安乡侯,后又是鄄城侯。这年三月,他先是立平原侯叡为平原王,又立弟弟鄢陵公彰等十一人皆为王,唯独剩下曹植一人未有晋封。

此举似乎是刻意为之,时刻提醒着自己的亲弟弟,这天下究竟是谁的天下。直到一个月后,曹丕终于下了旨意,立曹植为鄄城王。

四月,31岁的曹植入京师朝觐,大殿之上,叩谢着帝王的封赏,那是一种怎样的心境?成王败寇,弱者之悲。

封王以后,他在返回鄄城的途中经过洛水,想起古人曾言:"斯水之神,名曰宓妃。"

洛水之神,名唤宓妃。战国时期,楚怀王游高唐,梦见女神自荐枕席,后宋玉陪侍楚顷襄王游云梦,作《高唐赋》与《神女赋》追述此事。曹植有感于此事,便作《洛神赋》。

从开始到结束,皆是一段想象。

他想象着这样一段邂逅。

他自京城启程,东归封地鄄城,一路行过许多地方,伊阙、辕辕、通谷、景山,那里都留下了他的足迹。

日已西倾,车马劳顿,于是,众人便在长满杜衡草的洛川之畔停车喂马。他漫步于阳林,远望洛川之美,不觉精神恍惚,思绪飘散,低头时还未察觉什么,抬起头,竟看见了一位倾城佳人,静静地立于山岩之旁,温婉动人,不似凡人。

他问车夫:"你看见那个人了吗?那是何人?竟如此艳丽!"

车夫答:"臣听闻河洛之神,名为宓妃,今日君王所见,莫非就是她!她的体态如何?臣愿闻之。"

他这般形容洛神的体态:"翩若惊鸿,婉若游龙。荣曜秋菊,华茂春松。仿佛兮若轻云之蔽月,飘飖兮若流风之回雪。远而望之,皎若太阳升朝霞;迫而察之,灼若芙蕖出渌波。"

她,翩然若惊飞的鸿雁,婉软似水中的游龙。她是秋日的菊,是春日的松,时隐时现像轻云蔽月,浮动飘摇像流风回雪。远望如朝霞,近观如芙蓉。

她体态适中,高矮合度,肩若削成,腰如约素,颈项秀美，肌肤白皙，不施脂粉，不染铅华。那相貌甚是清丽，云鬓高耸，长眉弯曲，唇红齿白，明眸顾盼，酒窝醉人。

她姿态优雅，举止娴静，情态柔美，言语得体。她的衣衫乃是旷世奇服，骨像与图上所绘一模一样，罗衣、佩玉、首饰、鞋子、裙裾，尽显绝代风华。无论走到何处，都散发着幽兰清香。她徘徊于山隅，忽而又飘然轻举，且遨且嬉，左倚彩旄，右荫桂旗，又缓缓伸出皓腕，采撷一枝玄芝。

这是人与神的初见。洛川之岸，他遇见了神，一见钟情，且深陷其中。他们是那么遥远，隔着湍流，隔着高山，越是遥不可及，越是不愿放弃。

他心悦于她。因无良媒，只能托水波传意，解玉佩以定情。

那么，洛神又是如何回应他的？

她举琼玉而作答，指潜渊而为期。

神女亦是倾心于他。这是真的吗？突如其来的惊喜，让他难以相信。他又想起郑交甫遇神女背弃之事，不觉犹豫、狐疑。

《列仙传》中曾记载，郑交甫于汉江之滨，遇汉水神女，便向神女索要佩珠，以此定情。神女手解佩珠，递给交甫，他拿着佩珠走了数十步，再看佩珠，却发现空空如也，回头再望，江边已是空无一人。

他恐受欺骗，便敛容定神，以礼自持。

终于，洛神动了凡心，二人情意缠绵，难舍难分。

人神之恋注定是一场悲剧。也许，彼此预感到了结局，相会之时，甚是惆怅。

她踏过充满椒香的小路，走过流动芳香的草丛，忽又长吟，以表思慕，那声音哀婉而悠长，是近在咫尺的相思，也是远在天涯的绝望。

众神纷乱而至，呼朋引类，或嬉戏于清流，或飞翔于神渚，或采集明珠，或俯拾翠羽。洛神的身旁跟着南湘二妃，手挽着汉水之神，叹息匏瓜星的孤零无偶，哀咏牵牛星的独处寂寞。

她时而扬起随风飘动的上衣，以长袖遮蔽阳光，仰首远眺，久久伫立。

她时而又身体轻盈如飞鸟，飘忽若神。

她时而行走于水波之上，罗袜溅起的水雾如同尘埃。

行踪不定，喜忧不明；进退难料，欲去还留。她眼波中流淌着柔情，光润玉颜，含辞未吐，却已气香如兰。如此婀娜多姿，令人茶饭不思。

这正是爱情的美好，她的一颦一笑，深深吸引着他，让他沦陷，让他着迷。

可是，这里是人间啊！洛神终是要离去的。

风神屏翳收起了清风，水神川后停止了波涛，冯夷鸣鼓，女娲清歌。文鱼腾跃，簇拥着车乘，銮铃叮当作响，六龙齐头并进，载着云车缓缓而行。鲸鲵跳跃在车驾两旁，水禽飞翔着护卫四周。

那车乘越北沚,过南冈,洛神不舍地转过颈项,一双美目正望着他,朱唇轻启,缓缓地陈诉着神与人往来的天道纲常。

只恨人神殊途,虽盛年而无法如愿。二人正是青春时,却要饱受爱而不得的折磨。

她举起罗袖,掩面而泣,泪洒衣襟,无尽哀愁。

良会就此永绝。这一别,便是天各一方。她说:"我不曾以微情表达爱意,如今便以明珰相赠,我虽身处太阴,却时时牵挂着君王。"

说罢,洛神便不知去向,神光消隐,留下他一人怅然若失。

他又偏偏不甘别离,于是,翻山越岭,追寻而去,只为寻找洛神的踪迹。他驾着轻舟逆流而上,漂浮于长川之上,不知不觉,已忘回归。

相思之情绵绵不断,令人夜不能寐,辗转难眠……

天亮了,他发觉浓霜已沾满衣襟,寒气刺骨,却不及心中的悲凉。

他知缘分已尽,无奈之下,只能命令仆夫备马,继续踏上东归的道路。

那位公子骑着白马,扬鞭之时,却忽而怅然。

像是失去了什么,又像是从未得到过什么。神女降临人间,在凡人的心头埋下了爱情的种子。直到神女乘风而去,那凡人才知道,那是一颗永远不会开花的种子。

洛川之岸,那凡人徘徊着,思念着,久久不愿离去。

这篇《洛神赋》，曹植以最华美的辞藻描摹着一位神女，邂逅，思慕，相恋，别离，他们经历着世间的悲欢离合，她早已不是高高在上的神明，而是敢爱敢恨的凡人。

他爱洛神，且爱得奋不顾身，直到洛神离去，他还是沉浸于梦中，不舍醒来。

这样的"洛神"，也曾出现在他的生命中。

或许是皇后甄宓，或许是亡妻崔氏，或许是失之交臂的王位。

总之，是遗憾，是渴望。

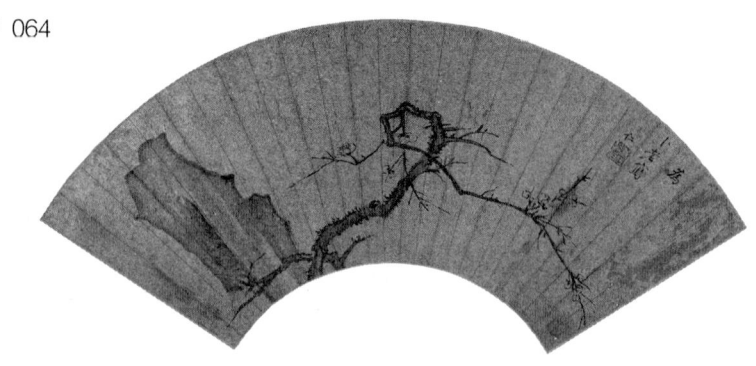

乌鸟私情，愿乞终养

——西晋·李密《陈情表》

臣密言：臣以险衅，夙遭闵凶。生孩六月，慈父见背；行年四岁，舅夺母志。祖母刘，愍臣孤弱，躬亲抚养。臣少多疾病，九岁不行，零丁孤苦，至于成立。既无伯叔，终鲜兄弟，门衰祚薄，晚有儿息。外无期功强近之亲，内无应门五尺之僮，茕茕孑立，形影相吊。而刘夙婴疾病，常在床蓐，臣侍汤药，未曾废离。

逮奉圣朝，沐浴清化。前太守臣逵察臣孝廉；后刺史臣荣举臣秀才。臣以供养无主，辞不赴命。诏书特下，拜臣郎中，寻蒙国恩，除臣洗马。猥以微贱，当侍东宫，非臣陨首所能上报。臣具以表闻，辞不就职。诏书切峻，责臣逋慢；郡县逼迫，催臣上道；州司临门，急于星火。臣欲奉诏奔驰，则以刘病日笃，欲苟顺私情，则告诉不许。臣之进退，实为狼狈。

伏惟圣朝以孝治天下，凡在故老，犹蒙矜育，况臣孤苦，特为尤甚。且臣少事伪朝,历职郎署,本图宦达,不矜名节。今臣亡国贱俘,至微至陋,过蒙拔擢,宠命优渥,岂敢盘桓,有所希冀?但以刘日薄西山,气息奄奄,人命危浅,朝不虑夕。臣无祖母,无以至今日,祖母无臣,无以终余年。母孙二人,更相为命,是以区区不能废远。

臣密今年四十有四,祖母刘今年九十有六,是臣尽节于陛下之日长,报养刘之日短也。乌鸟私情,愿乞终养。臣之辛苦,非独蜀之人士及二州牧伯所见明知,皇天后土,实所共鉴。愿陛下矜愍愚诚,听臣微志。庶刘侥幸,卒保余年,臣生当陨首,死当结草。臣不胜犬马怖惧之情,谨拜表以闻。

公元263年,蜀汉灭亡。

天地昏暗,草木凄悲,英雄血染疆土,忠臣殉国明志。多少白骨无处安葬,多少亡魂彷徨无依。

逝者已矣,生者长叹。

李密,曾经的蜀汉郎官,如今的亡国之臣。那日,他站在城墙之上,望见魏兵的铁骑占领了城池、王宫、府邸,他知道,自己尽忠的国,便这样灭亡了。

黍离之悲,亡国之痛,此后,他又该何去何从?生若浮萍,命不由己。

三年后,司马家窃取曹家的天下,司马炎逼迫曹奂禅让,即位为帝,定国号为晋。

新帝登基,急于笼络亡国之臣,实施怀柔政策,李密也在征召之列,朝廷命他为太子洗马。

帝王的一纸诏书，犹如一把悬于颈项的利刃，让人不寒而栗。若应下，便是有愧故国，若不应，便是藐视帝王。

这世上如何能有两全之法？

李密数夜未眠，最终，以晋朝"以孝治天下"为由，上《陈情表》以婉拒。

他先是讲述自己坎坷的命运。自幼境遇不佳，出生六个月，父亲过世；四岁那年，舅父强迫母亲改嫁。此后，他便由祖母抚养，少时多疾病，孤苦伶仃，一直到成人自立。

他说："茕茕子立，形影相吊。"

偌大的世间，他始终是一个人。既无叔伯，也少兄弟，门庭衰微，福分浅薄，直到很晚，他才有了一子。外无强近之亲，内无应门之僮，孑然一身，唯有影子相伴。

若人间尚有牵挂，那便是祖母了吧！《晋书·李密传》记载："刘氏有疾，则涕泣侧息，未尝解衣，饮膳汤药必先尝后进。"

祖母身染疾病，常年卧床不起，他侍奉左右，未曾离开。

这便是他的前半生，虽不算坎坷，但也令人唏嘘。

蜀国灭亡后，他又经历了什么？

晋朝建立，先有名为逵的太守举荐他为孝廉，后又有名为荣的刺史举荐他为秀才。他因祖母年事已高，无人奉养，未受任命。后来，朝廷又特下诏书，任命他为郎中，不久又任命他为洗马。

诉说这段经历之时，他用了"逮奉圣朝，沐浴清化"这样的奉承之语，措辞严谨，态度谦卑。李密说："我这般微贱的身份,任侍奉太子的职务,实在不是我杀身所能报答朝廷的。"

现在,他将所有的苦衷,以表呈告,辞不就职。但是,诏书切峻,责他怠慢,郡县长官催促他上路,州县长官登门督促,那些逼迫之声竟急于星火坠落,令他无法喘息。

他想奉诏任职,效忠帝王,可祖母的病日益加重,他如何能弃至亲于不顾!若赴任,便是不孝,若不任,便是不忠,进退两难,实在狼狈。

忠孝难两全,是舍忠,还是舍孝?他提出了"圣朝以孝治天下",凡是年事已高的旧臣,皆受怜悯养育,更何况,他孤苦更甚。

他少时虽是体弱,却没有荒废学业,师事谯周。他凭着才学,一步步走向仕途。他称故国为"伪朝",称晋朝为"圣朝",称自己"少事伪朝",是为了"宦达",并非为了"名节"。

帝王的征召之举,何尝不是一种试探?李密不愿诋毁旧主,也不愿背负逸言,便刻意将自己贬低为胸无大志之人,只字不提家国情怀。

少年得志,恍然如梦,今沦为亡国俘虏,至微至陋。圣朝的"过蒙拔擢""宠命优渥",他岂敢犹豫不决?只是,臣子不受君主诏令,全因一个"孝"字。祖母日薄西山,气息奄奄,他若无祖母,便无今日的成就,祖母若无他,也无安稳的余生。祖孙二人,相依为命,因此,他万万不能离她而去。

他明确地说:"愿乞终养。"

乌鸦有反哺之心,羔羊有跪乳之恩。他只乞求陛下,准许他为祖母养老送终。

今年,他44岁,祖母96岁。他正值壮年,尽忠于陛下的日子尚长,而尽孝于祖母的日子太短。他这一生的辛酸苦楚,并非蜀地百姓、二州长官能知晓的,皇天后土,自能明察。

最后,他道:"希望陛下怜悯臣的诚心,满足臣这微不足道的心愿。若祖母能够侥幸安享余生,臣生当杀身报效,死当结草衔环。"

他怀着犬马般的怖惧之情,表达着一个降臣的恭谨、卑微。

司马炎览后,曰:"士之有名,不虚然哉!"于是,便停止了征召。

臣子的一纸表奏,帝王的一声称赞,看似君仁臣忠,实则暗藏凶险,言语稍有不慎,便是杀身之祸。一介亡国之臣,焉敢抗争?唯有隐忍,方能平安度日。

后来,祖母刘氏过世,李密服完丧,再无理由辞不就职,终以洗马的身份被征召到洛阳。

庙堂之上,尽是虎狼,他的言行举止更为小心翼翼。

一日,同僚张华问他:"你觉得安乐公此人如何?"

安乐公,便是他的旧主刘禅。如何评价旧主?若论旧主之过,便是不忠不义,若谈旧主之功,便是怀有二心。无论怎样回答,都是错。

李密道:"可与齐桓公相并列。"

张华问其原因,他答:"齐桓公得管仲而称霸,宠竖刁而死亡。安乐公得诸葛亮而抗魏，任黄皓而丧国，其成败之因相同。"

他将所有的罪归于奸臣，旧主不能择贤，错信奸佞，才致丧国。

乱世天下，唯有明哲保身。

他任温县县令，刚正不阿，后又任汉中太守，皇帝赐其酒席，命其作诗，他于诗末曰："人亦有言，有因有缘。官无中人，不如归田。明明在上，斯语岂然！"

君主昏庸，朝中无人，倒不如回家耕田。至少，不必看人眼色，不必揣测人心。

皇帝闻之，大怒，遂罢免其官职。

史书并未记载李密去了何处。也许，他真的一袭布衣，于某个陌上，静等花开。

久在樊笼里，复得返自然。

自然，才是最终的归宿。

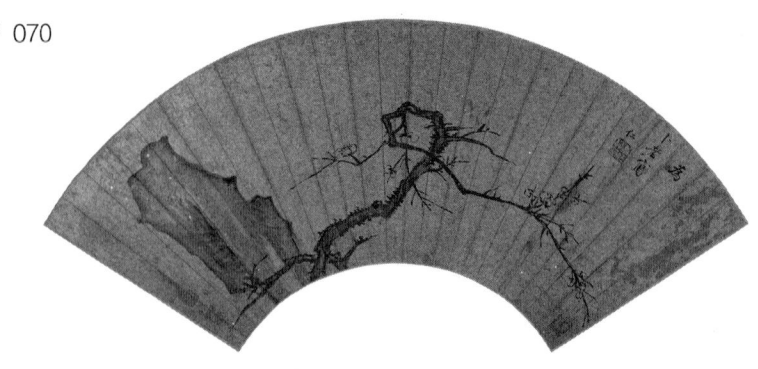

蹉跎白发年

——西晋·左思《白发赋》

星星白发,生于鬓垂。虽非青蝇,秽我光仪。策名观国,以此见疵。将拔将镊,好爵是縻。

白发将拔,怒然自诉:禀命不幸,值君年暮。逼迫秋霜,生而皓素。始览明镜,惕然见恶。朝生昼拔,何罪之故?子观橘柚,一皓一晔,贵其素华,匪尚绿叶。愿戢子之手,摄子之镊。

咨尔白发,观世之途。靡不追荣,贵华贱枯。赫赫阊阖,蔼蔼紫庐。弱冠来仕,童髫献谟。甘罗乘轸,子奇剖符。英英终贾,高论云衢。拔白就黑,此自在吾。

白发临欲拔,瞋目号呼:何我之冤,何子之误!甘罗自以辩惠见称,不以发黑而名著。贾生自以良才见异,不以乌鬓而后举。闻之先民,国用老成。二老归周,周道肃清。四皓佐汉,汉德光明。何必去我,然后要荣?

咨尔白发，事各有以，尔之所言，非不有理。曩贵耆耄，今薄旧齿。皤皤荣期，皓首田里。虽有二毛，河清难俟。随时之变，见叹孔子。

发乃辞尽，誓以固穷。昔临玉颜，今从飞蓬。发肤至昵，尚不克终。聊用拟辞，比之国风。

上品无寒门，下品无势族。

这就是门阀制度下文人的悲哀。尊贵之人享尽一世繁华，卑贱之人注定一无所有，何其不公，何其残忍，何其无奈！

左思，寒门子弟，貌丑口讷，辞藻壮丽，如果没有《三都赋》，他又将会如何？命如涧底松，纵然才华斐然，也无飞黄腾达之日。岁月无情，世态炎凉，终是将意气风发的少年熬成了愁生华发的老者，他已不记得自己是何年何月出仕。记忆中，那一年桃花灼灼，妹妹左棻被选入宫，荣耀门楣，左家迁居洛阳。

洛阳，权贵的天堂，寒门的炼狱。那里容不下左思这般卑微之人。起点不同，终点不同，无论如何勤奋，都无法追上那些世家子弟的脚步，明知不公，却不愿抽离，似在等待奇迹发生。

蹉跎数年，君已老……

这篇《白发赋》写在失意之时，又是寂静无人的夜，他对镜沉思，白发三千丈，往事皆成伤。于是，他想，若白发会说话……

双鬓间，星星点点白发生，虽不是青蝇，但也有损仪容。

那人出仕为官，因白发被世人嘲笑，如今，不得不用镊子将它拔除，以保官爵富贵。

白发将被拔出，不禁忧伤地自诉："我受命于天，生当不幸，正逢先生暮年。像树叶被秋霜逼迫，我生来便是皓白如素。世人照明镜，便生戒惧厌恶。朝生暮除，到底是犯了何罪？先生不妨看看橘子柚子，它们如此洁白，人们崇尚其素华，并不崇尚绿叶。愿先生停止手上的动作，放下镊子。"

白发不愿离去，生而为白，何错之有？为何世间不容白发？

那人无奈地回答："白发，我告诉你，如今的世道，谁不追求荣华？世人看中荣华，轻贱枯萎。人人向往踏入赫赫宫门，弱冠之年入仕，孩童年纪争相献计。秦国甘罗十二岁拜相，乘车出使赵国；齐国尹子奇十八岁奉命治阿县；汉代的终军和贾谊，英年才俊，于朝堂之上高论天下事。拔去白发，留下青丝，这全由我做主。"

白发闭目痛哭，高呼道："我何其冤枉！先生何其糊涂！甘罗因聪慧擅辩而受人称赞，并非因青丝满头而出名；贾生因良才而受礼遇，不因乌鬓而受提拔。我听先民说，治国需用老成之人。伯夷、叔齐二人归顺周朝，周朝清平，上下无事；秦末商山隐居的老人——东园公、绮里季、甪里先生、夏黄公，辅佐汉朝皇室，汉朝光明。先生又何必拔出我，然后求取荣华？"

那人道："白发，我告诉你，凡事各有因由！你的话不无道理，以往的确看中老年之人，可如今轻贱老年人！春秋时期的荣启期，白发苍苍，只有归隐田园！虽然头发黑白夹杂，但等到黄河变清，该等到何时？孔子曾感叹：'随时之义大矣哉。'本该顺应时势。"

顺应时势，到底是智慧，还是妥协？

白发一时无言，只有发誓，安守贫困。

其实，那人又何尝愿意拔出白发？昔临玉颜，今从飞蓬。为了前程，连身体发肤都不能自始至终。

文中之人仅仅因为几缕白发，便如此小心翼翼。那现实中的左思，又如何生存？世人岂止嘲笑他的白发，他的家世、相貌、年龄，令他于庙堂寸步难行。同僚排挤他，世人厌恶他，可是，他又做错了什么呢？不过是平凡罢了，若平凡是错，那还有什么不是错？

《世说新语·容止》中记载："潘岳妙有姿容，好神情。少时挟弹出洛阳道，妇人遇者，莫不连手共萦之。左太冲绝丑，亦复效岳游遨，于是群妪齐共乱唾之，委顿而返。"

左思也曾东施效颦，只为博取世人的好感和认可，却不承想，遭到了更多的嘲笑。他对这个世界妥协了，世界却还是没有善待他，世道依旧如此不公。他不愿平凡，不甘活在别人的光环之下，以十年苦撰《三都赋》，文成之时，未受重视。

十年如一梦，所有的付出都将被辜负。

夜深无人之时，他静静地思索着，如何立足于世间？他只想这个世界可以接纳自己，接纳一个支离破碎的灵魂。

究竟要多么卑微，才能换来一次机遇？

某日午后，他终究还是叩响了皇甫谧的府门，恭恭敬敬地

递上拜帖，呈上《三都赋》。听闻皇甫谧名誉颇高，若此文可得他的赏识，必将名闻天下。

皇甫谧读后，大加赞赏，为其作序。此后，豪贵之家竞相传写《三都赋》，洛阳为之纸贵。

他最后还是依靠了别人，若无皇甫谧，谁知《三都赋》？

也许，他已经不是当年那个淡泊的少年，走过最崎岖的道路，见过最凉薄的人心，心中的道义已渐渐蒙尘，他还能相信什么呢？相信勤能补拙？还是相信命不由己？倘若没有"洛阳纸贵"，那他的名字是否也会淹没在历史的长流中，无人知晓，无人提及？

命运就是这样，无论哪个时代，有人一世安乐，有人一世坎坷。你我皆不是完美之人，也不曾拥有完美的人生，我们唯一能做的事情，就是义无反顾地拼搏，冲破荆棘，挣脱黑暗，用尽力量奔向远方。

因为，我们不甘平凡。

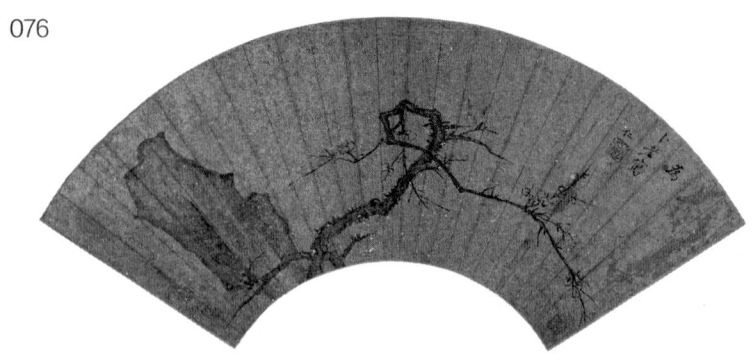

一入宫门深似海

——西晋·左棻《离思赋》

生蓬户之侧陋兮,不闲习于文符。不见图画之妙像兮,不闻先哲之典谟。既愚陋而寡识兮,谬忝厕于紫庐。非草苗之所处兮,恒怵惕以忧惧。怀思慕之忉怛兮,兼始终之万虑。嗟隐忧之炽积兮,独郁结而靡诉。意惨愦而无聊兮,思缠绵以增慕。夜耿耿而不寐兮,魂憧憧而至曙。风骚骚而四起兮,霜皑皑而依庭。日晻暧而无光兮,气懰栗以冽清。怀愁戚之多感兮,患涕泪之自零。

昔伯瑜之婉娈兮,每彩衣以娱亲。悼今日之乖隔兮,奄与家为参辰。岂相去之云远兮,曾不盈乎数寻。何宫禁之清切兮,欲瞻睹而莫因。仰行云以歔欷兮,涕流射而沾巾。惟屈原之哀感兮,嗟悲伤于离别。彼城阙之作诗兮,亦以日而喻月。况骨肉之相于兮,永缅邈而两绝。长含哀而抱戚兮,仰苍天而泣血。

乱曰：骨肉至亲，化为他人，永长辞兮。惨怆愁悲，梦想魂归，见所思兮。惊寤号啕，心不自聊，泣涟洏兮。援笔舒情，涕泪增零，诉斯诗兮。

杨柳依依拂宫墙，楼殿无人知昼长，庭前花开几许？燕子归来，可叹人断肠。

一排排宫灯在黑暗中摇曳，女子缓缓走过幽静的宫巷，晚来风起，落下一地梨花，那坠落尘埃的花瓣，连同她记忆里的过往一并跌得伤痕累累。谁道飘零不可怜？往事如烟，明月不似昨日圆。

不知不觉间，她已入宫十年之久。

她叫左棻，字兰芝，左思之妹，才华横溢，声名远播，当今陛下听闻她的才名，一纸诏令，将她纳入后宫。那时候，所有人都以为衔泥燕飞上枝头变凤凰，却不知最是无情帝王家。那座冰冷的宫殿囚禁了一个女子的青春，将她的梦想一寸寸消磨殆尽，只剩下永无止境的绝望。

入宫之时，正是桃李年华，也曾走过云霞翠轩，见过姹紫嫣红，可终是堕入苦海，未见情深。她以"才女"的身份入宫，无姿无色。是的，她不是美人，甚至可以称为"丑陋"，那是无论任何胭脂水粉都遮掩不住的丑，后宫佳丽三千人，她显得格格不入。

常言道：只见新人笑，不闻旧人哭。

她这个新人还未展露欢颜，便已成了深宫旧人。

皇帝于她而言，不过是仅有几面之缘的陌生人。司马炎，字安世，咸熙二年（265）袭父爵晋王，数月后，逼迫魏元帝曹奂禅让，国号晋，建都洛阳。昔日，他的确为国为民，开创了盛世之景，渐渐地，他沉迷于享乐，不理国事，曾两度下诏选妃。选妃之时，天下女子一律不准婚嫁，不得藏匿，宫中姬妾近万人。天子不知临幸何人，便坐着羊车，让羊车绕着后宫转，羊车在哪里停下，便在哪里过夜。嫔妃们为了能得到皇帝的宠幸，时常在寝殿前洒盐汁、插竹叶，绞尽脑汁去讨好那只羊。

《晋书》记载："帝重棻辞藻，每有方物异宝，必诏为赋颂。"

左棻注定得不到皇帝的宠爱，像极了被人豢养的鸟儿，皇帝需要她时，便唤她作诗，以此满足帝王的虚荣心；不需要她时，便让她独居薄室，弃之不顾。远处的宫阙灯火通明，隐隐传来笙箫声。此时此刻，皇帝又在何处寻欢？

她时常在想，自己存在的意义是什么？

卑微如尘，渺小如斯。她笔下有万里河山，有明月星辰，唯独没有他的爱。她是深宫之中难得清醒的女子，从不奢求，从不幻想，无爱便得平安，无爱便得欢喜。

她也是怨他的。一怨，选她入宫；二怨，不曾宠幸；三怨，从未怜悯。

那日，皇帝又召见了她，她跪在地上，默默听着天子之命。

他命她作愁思之文，她应下，提笔写下《离思赋》。一言一句，皆是切肤之痛。

文中先写她生于蓬户之家，贫寒卑微，未曾见过"图画之妙像"，未曾听过"先哲之典谟"，既愚陋又寡识。这样的她，本不该居住于皇宫之中，这样的地方，本不是平凡之人的住所。玉楼金阁，雕栏玉砌，这华丽之下，却是步步惊心的争斗，若有不慎，便将坠落万丈深渊。即便她不是国色天香，还要处处提防，不安、忧虑、孤独，时时刻刻伴随着她，令她日渐憔悴。

无人之时，又会思慕亲人，万般愁绪沉积在心头，郁结难解，无处倾诉。长夜漫漫，辗转难寐，心神不定，直到天明。那无数个清冷的夜晚，陪伴她的只有飒飒西风，皑皑白霜。她独对深秋，望着太阳渐渐失去光辉，感受着寒风慢慢凛冽。岁岁年年，冷冷清清，执笔几行，写不完过往的伤。

昔日，韩伯瑜彩衣娱亲，而她，此生再无机会侍奉双亲。自入深宫，便是骨肉分离，如参辰二星不得相见。并非距离遥远，而是宫规森严，近在咫尺不得相见，便是想归家，也找不到一个合适的理由。归不得，求不得，只能仰望行云而悲泣，任凭泪湿罗衣。

那位楚国大夫屈原也曾伤于离别，《离骚》中言："余既不难夫离别兮，伤灵修之数化。"

《诗经·郑风·子衿》又言："挑兮达兮，在城阙兮。一日不见，如三月兮。"

以日喻月，离别之久，早已超越了时间。她已记不得走过多少寒暑，似乎断绝了一切来往，那家人不再是家人，再次仰望苍天，已成点点血泪，终是生了怨恨。

骨肉至亲，却生生成了外人，她该怨谁？该恨谁？那位帝王赐她锦衣，予她富贵，将她的一生困于高墙之中，是她的福，还是她的祸？

梦中，她也得见父兄，梦醒之后，一切成空，心不自聊，泣涕涟涟。

自古宫怨体诗文大都抒写君王薄情，佳人相思，唯有左棻将骨肉亲情倾注于文中。她所写是一个女子孤独时的渴望，渴望关怀，渴望家人，唯独不渴望爱情。

爱情，太过奢侈，更何况是帝王之爱。长居后宫多年，左棻也听过天子的一些情事，他曾如此纵容过一个女子。那女子名唤胡芳，天子对她，几乎是专房之宠。那时，两人玩樗蒲之戏，起了争执，胡芳无意间抓伤了天子的手，他只是责备了几句，恩宠更胜从前。

谁言天子凉薄？那只是没遇到对的人罢了。这种爱对于左棻来说，可望而不可即。

其实，恍惚之时，她也曾对那个人心动过。

曾几何时，她远远地望着他的身影，他的一言一行敲响了少女的心门。当他认真地读完她的诗，当他赞许地低头浅笑，当他随口说出关怀，让她如何不动心？只是，她仅仅是动心片刻，她清醒地知道，她不配，他不值得。

她只能做回自己，努力扮演着嫔妃的角色，竭尽全力留在他的后宫。那月光也曾停留在她的眉间心上，刹那而已，绝非永恒。月，终是要西沉的。

后来,天子驾崩。太子司马衷即位,皇后贾南风把持朝政,秽乱宫闱,发动政变,诬陷太后杨芷谋反,将其贬为庶人,囚禁于金墉城,冻饿而死。前廷后宫已是修罗场,危机四伏,所有人都活在恐惧之中,唯有左棻依旧居于薄室。她知道,她的存在不会威胁到任何人。

那墙外血雨腥风,那墙内一片凄然。

她的一生困在这座四四方方的院子里,不敢爱,不敢恨,所以,存在的意义到底是什么?她不知答案。也许,为了遇见某个人,经历某些事,刹那之间,爱上,失去,再于某年某月某日,悄无声息地离开人世。

千年后,谁又记得她的名字?

庭外,秋风又起,离思成愁,相思未休,那宫人一夜白了头。

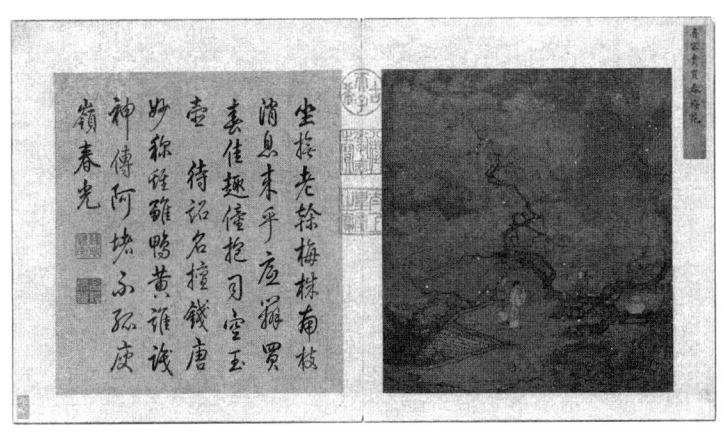

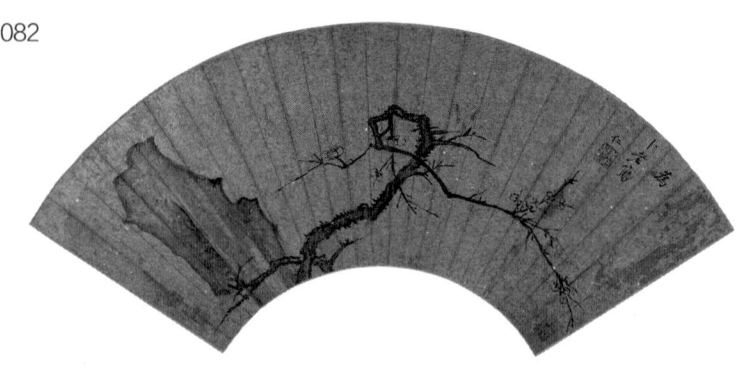

一觞一咏共风流

——东晋·王羲之《兰亭集序》

永和九年,岁在癸丑,暮春之初,会于会稽山阴之兰亭,修禊事也。群贤毕至,少长咸集。此地有崇山峻岭,茂林修竹;又有清流激湍,映带左右,引以为流觞曲水,列坐其次。虽无丝竹管弦之盛,一觞一咏,亦足以畅叙幽情。

是日也,天朗气清,惠风和畅,仰观宇宙之大,俯察品类之盛,所以游目骋怀,足以极视听之娱,信可乐也。

夫人之相与,俯仰一世,或取诸怀抱,悟言一室之内;或因寄所托,放浪形骸之外。虽趣舍万殊,静躁不同,当其欣于所遇,暂得于己,快然自足,曾不知老之将至。及其所之既倦,情随事迁,感慨系之矣。向之所欣,俯仰之间,已为陈迹,犹不能不以之兴怀。况修短随化,终期于尽。古人云:"死生亦大矣。"岂不痛哉!

每览昔人兴感之由,若合一契,未尝不临文嗟悼,不能喻之于怀。固知一死生为虚诞,齐彭殇为妄作。后之视今,亦犹今之视昔。悲夫!故列叙时人,录其所述,虽世殊事异,所以兴怀,其致一也。后之览者,亦将有感于斯文。

农历三月初三,上巳节。

这一日,男则朱服耀路,女则锦绮粲烂,或是登高远足,或是临水漫步,邂逅伊人,不负春光。

会稽山阴,兰亭,此处是王羲之的园林。

今日,园中的侍者格外忙碌,扫去池中落叶,掸去阶前尘埃,将杯盏斟满美酒,将玉盘盛满佳肴。兰亭将迎来四十一位尊贵的客人,他们将在此"修禊"。所谓修禊,便是于上巳日,临水洗濯,祓除不祥。

兰亭雅集,与会者有名士贤者,有世家贵族,有军政高官。也许,这些人曾有恩怨,曾有冲突,但是,此刻相聚兰亭,无关朝政,不论是非。他们只是忠于诗酒的文人。

他们共咏三十七首诗,抄录成集,王羲之乘醉作序,即《兰亭集序》。

暮春之初,群贤汇聚于此,有年长者,也有年少者。

兰亭,此地有崇山峻岭,有茂林修竹,清流激湍,环绕于亭。明明是姹紫嫣红的人间三月,他却未写百花争艳,仅写了和风、青山、竹林,满目青翠,一派生机盎然。

他们以"曲水流觞"之法饮酒赋诗。宾客坐于弯曲的流水旁边,将酒杯放入水中,任其顺流而下,杯子停在谁的面前,谁就必须饮下杯中美酒,并即兴作诗,若作不成诗,便要罚酒三杯。

虽无丝竹管弦之音,但饮酒作诗,足以畅快地抒发心中的幽情。

王羲之、谢安等十一人,作四言、五言诗各一首,郗昙、庾友等十五人或四言,或五言,各成一首。还有十六人,诗不成,各自罚酒。

天气晴朗,和风舒畅,仰观苍穹之辽阔,俯观万物之繁多。舒展眼力,开阔胸怀,尽情享受视听的欢娱,故感"信可乐也"。这种快乐,是因自然之景,而感受到的最纯粹的愉悦。

这日的兰亭是一方净土,没有朝堂的阴谋算计,没有战场的刀光剑影,没有市井的喧嚣利诱,纵情于山水之间,他们自由且风流,率直且恣肆。

魏晋风度,便是自我的肯定,意识的觉醒。

"夫人之相与,俯仰一世",人与人相交,一世匆匆度过,何其短暂。

有的人,于一室之内,长叹自己胸怀抱负;有的人,借所爱之物,寄托感情,放荡不羁,无拘无束。虽然这些人各有各的兴趣,安静与躁动各不相同,但是,当他们因所遇到的事物感到欢喜时,便会一时自得,快然自足,不知光阴飞逝,衰老将至。等到他们对喜爱的事物感到厌倦时,心情便随之变化,感慨也随之产生。

从"欣于所遇"到"情随事迁",人类的感情总在经历着复杂的改变,昔日所爱之事物,转瞬之间,已成旧迹。情感

尚且如此，更何况生命呢！生命长短，听凭造化，最终，也将消失。

古人云："死生亦大矣。"

古人认为，死生是人生大事！

这如何不令人悲痛？

宴席终有散时，繁华亦有尽头，遥想似水流年，未尝不感惆怅。这世间还有什么能永恒？今朝有酒同醉，明朝宾客皆散。此番孤独，除却明月无人知。

他也曾翻阅前人之作。其兴怀之感，与他的所思所感如符契一般相合。这是冥冥之中，今人与昔人的缘，即使隔着时空，依然相惜。

未尝不感伤前人之文，只可惜，不能明白于心。那是一种说不清道不明的情感。前人已逝，今人再读前人之文，哪怕读了千遍万遍，也会感到遗憾。一纸诗文，如何知人间？

思君之文不见君，为何哽咽？为何悲叹？因为，怕读不懂那万分之一的情。

"固知一死生为虚诞。"他知道生死不可等同，也知长寿与短命等同是妄造。凡人如此渺小，他们留不住时光，却能留下自己存在的印记。

后人看待今人，也就像今人看待前人。故而，他总要将他们的诗篇一个一个记下，纵然时代变迁，物是人非，也无所畏惧。那些兴怀之由，千年以后，皆是相同。

后世的览者，也将为这次集会的诗文而感慨！

沧桑百转，再读《兰亭集序》，可曾感受到它的美？无关风月，尽是风雅。

王羲之的《兰亭集序》真迹一直作为传家宝，代代相传。关于真迹的去向，也是众说纷纭。

相传，真迹传到七世孙智永手中时，智永看破红尘，出家为僧，将真迹传给了弟子辩才和尚。

唐太宗李世民甚爱收藏王羲之的墨迹，仿摹真迹备尽，唯有《兰亭集序》真迹未获。后来，得知在辩才和尚那里，三次召见，辩才和尚谎称："经乱散失，不知所在。"

唐太宗派监察御史萧翼前去智取。萧翼隐藏真实身份，乔装成落魄书生，投其所好，与其对弈吟诗、论书作画，相识多日，辩才和尚对他深信不疑，出示悬于屋梁的《兰亭集序》真迹，萧翼趁辩才和尚外出之时，盗取真迹，回长安复命。唐太宗驾崩后，真迹葬入昭陵。

五代时期，温韬任耀州等地节度使，盗掘昭陵，史籍记载："在镇七年，唐帝之陵墓在其境内者，悉发掘之，取其所藏金宝。"

有人认为，真迹毁于温韬之手，也有人认为，真迹并非随葬昭陵，而是埋于唐高宗李治的乾陵之中。

总之，自唐以后，世人再未见过《兰亭集序》的真迹。千余年来，下落不明……

其实，又何必执着于真迹？

我们读过，爱过，足矣。

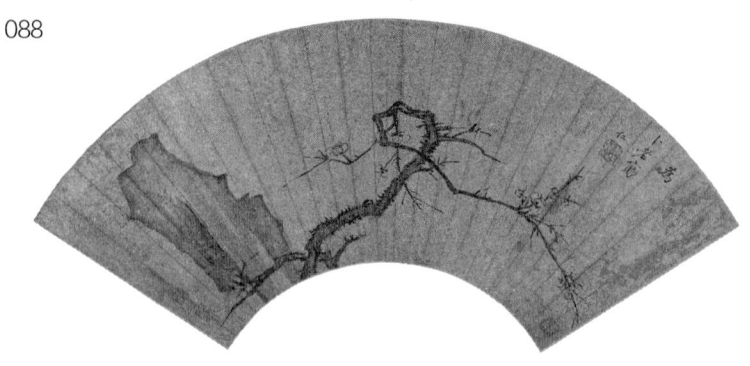

世有桃花隔山河

——东晋·陶渊明《桃花源记》

晋太元中,武陵人捕鱼为业。缘溪行,忘路之远近。忽逢桃花林,夹岸数百步,中无杂树,芳草鲜美,落英缤纷。渔人甚异之。复前行,欲穷其林。

林尽水源,便得一山,山有小口,仿佛若有光。便舍船,从口入。初极狭,才通人。复行数十步,豁然开朗。土地平旷,屋舍俨然,有良田、美池、桑竹之属。阡陌交通,鸡犬相闻。其中往来种作,男女衣着,悉如外人。黄发垂髫,并怡然自乐。

见渔人,乃大惊,问所从来,具答之。便要还家,设酒杀鸡作食。村中闻有此人,咸来问讯。自云先世避秦时乱,率妻子邑人来此绝境,不复出焉,遂与外人间隔。问今是何世,乃不知有汉,无论魏晋。此人一一为具言所闻,皆叹惋。余人各复延至其家,皆出酒食。停数日,辞去。此中人语云:"不足为外人道也。"

既出，得其船，便扶向路，处处志之。及郡下，诣太守，说如此。太守即遣人随其往，寻向所志，遂迷，不复得路。

南阳刘子骥，高尚士也，闻之，欣然规往。未果，寻病终。后遂无问津者。

那年，桃花开得极好，有风袭来，几分暖意，几分凄凉。

渔人已白头，回首前尘，已辨不清是梦境，还是现实。只记得，那片世外桃源，那些红尘故人……

那里，是净土。

这故事发生于东晋太元年间，太元是东晋皇帝司马曜的第二个年号。太元八年（383），淝水之战，前秦向东晋发起战争，东晋以少胜多，仅用八万军力战胜了八十余万前秦军，此后，北方少数民族纷纷崛起，战事不断，民不聊生。

那是没有风花雪月的时代，乱世之中，风雨飘摇，荒野白骨冢，马革裹尸还，若世间有地狱，那此处便是地狱。

渔人，芸芸众生中的一人，不知其姓氏，只知以捕鱼为生，终日往来于江河。他的小舟行过山川溪流，也曾见过落日余晖，北斗星辰。他心中有梦，愿有朝一日，天下太平。

一个寻常的日子，他沿着溪水，缓缓划船而行，忘了路有多远，忘了行了多久。俄然间，遇见一片桃花林，桃林生于溪水两岸，中无杂树，芳草丛生，微风拂过，落花纷纷飘零。

这是何处？渔人颇为诧异，捕鱼多年，从未见过此种景色，置身于此，便觉心安。渔人继续划船前行，一心想走到林子的尽头。

桃林尽头会是如何？

陶渊明这般描写："林尽水源，便得一山，山有小口，仿佛若有光。"

桃林的尽头便是溪水的尽头，那里有一座山，山上有个小洞，洞里仿佛有光。那抹黑暗中散发的光，似给渔人带去了希望。不知前方是福是祸，冥冥之中，总有一股力量牵引着渔人前行的脚步。

渔人下了船，从洞口处走进去，初入洞时，极其狭窄，只能容一人通过，渔人又前行了几十步，突然变得明亮开阔。只见土地平旷，屋舍俨然，良田肥沃，桑竹穿村巷，春风过十里。

他走在田间小路上，近处可见陌上花开，远处可闻鸡鸣犬吠。田野上，村民们正在忙碌地耕种，男子与女子的衣着与桃花源之外的人一模一样。

这时，村民也看见了渔人，纷纷围了过去，惊讶地问："你从何处来？"

渔人答："武陵郡。"

一番长谈之后，村民便热情地邀他往家中做客。毕竟，这里从未来过外人，他们有无数的疑惑等待着渔人去解开，渔人亦是如此。

宴席上，有美酒，有佳肴，昏黄的灯火照亮了黑夜，人们围坐在一起，互相诉说着各自的故事。

有人言："我们的祖先为了躲避秦朝时的战乱，便带着妻儿乡邻来此避难，从此，便与世隔绝，不曾离去。"

有人问："如今是什么世道？"

渔人感叹道："秦国早已灭亡，后有汉朝，汉后有魏朝，司马炎篡权建立晋。"

闻言，人们不禁感叹惋惜。

朝代更迭，物是人非，转眼间，已过了数百年。

渔人在此停留了数日，村民以礼相待。几日后，还是到了不得不离去的时候。他毕竟是俗世中人，家有亲友，心有牵挂，无法弃之不顾。

离别之际，村民千叮万嘱："这里的事情不值得告诉外面的人。"

渔人应下，沿着来时的路往回走，处处做了记号。一样的山洞，一样的桃林，一样的溪水，他找到了自己的小舟。

那小舟静静地停靠在岸边，落了些许灰尘，明明只离开数日，却仿若时隔千年。渔人乘舟归乡，一路遥想桃源风情，如幻似梦。

武陵郡，渔人回到城中，便迫不及待地拜见了太守，将自己的经历娓娓道来。

世外桃源，闻者皆为之心动。

太守立即派人跟随他前往，按着渔人留下的记号，苦苦找寻，却迷失了方向。那条通往桃花源的路早已消失不见，无论是渔人，还是太守，再也难以寻见。

后来，南阳有位德行高尚之人，名唤刘子骥，听闻桃花源的消息后，便欣然前往。可惜，终是没有如愿，不久后便不幸病逝。

时光流转。不知过了多少年月,那桃花开了又落。此后,再也无人探访桃花源。

桃花源,曾有渔人来此,也终是成了渔人的昨日之梦。

这世上本没有什么世外桃源,若有,也是隔着茫茫山河。到底有多远?也许就在诗人的一念之间。

年少时的陶渊明心怀天下苍生,却逢乱世,壮志难酬,又不肯屈服于权贵小人,便辞去了县令一职,布衣躬耕,归隐于田园。然而,天下之乱未平,尚有百姓处于水深火热之中。于是,便有了这篇《桃花源记》。里面写的是诗人的梦想,也是天下人的梦想。

那是身处乱世的一种寄托,以渔人为线索,写渔人所见,写渔人所闻。而后,陶渊明又写下一首诗,将桃花源百姓的生活细细讲述,感慨万千。

桃花源诗

嬴氏乱天纪,贤者避其世。

黄绮之商山,伊人亦云逝。

往迹浸复湮,来径遂芜废。

相命肆农耕,日入从所憩。

桑竹垂余荫,菽稷随时艺;

春蚕收长丝,秋熟靡王税。

荒路暧交通,鸡犬互鸣吠。

俎豆犹古法，衣裳无新制。
童孺纵行歌，班白欢游诣。
草荣识节和，木衰知风厉。
虽无纪历志，四时自成岁。
怡然有余乐，于何劳智慧？
奇踪隐五百，一朝敞神界。
淳薄既异源，旋复还幽蔽。
借问游方士，焉测尘嚣外。
愿言蹑清风，高举寻吾契。

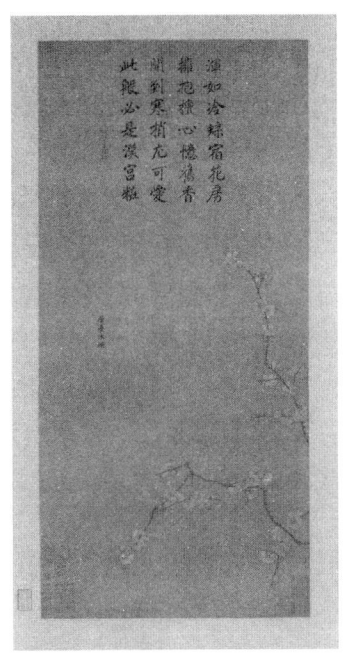

倘若你是桃花源的人，你无须记得时令节气，花开便知春到，凋零便知寒至，虽无年，无历，无时，却依旧日出而作，日落而息，四季轮转，从未停止。渐渐地，你会忘记时间，不必理会沧海桑田。行到水穷处，坐看云起时，代代皆是如此。

那里，没有君臣，没有阴谋，没有杀戮，只有一群纯真的普通人。

如何成为一个普通人？要出生于太平之地，要成长于安乐之家，要父母健全，要妻儿幸福，要没有贫穷，要没有苦难，要不曾遭受过世间的残酷，要历经冷暖，尚有微笑。

普通人终究是极少数的人。

陶渊明的理想，便是让乱世中人都成为普通人，正如桃花源中农耕的村民，宁静祥和，怡然自得。

只是，太难。

哪怕是文中的"渔人"，也只是短暂地停留，再寻觅之时，已然消失无踪。终究是卑微至极的人，寻了一世，也难以找到心中的桃花源，又或是，早已寻到，只是桃花源已无昨日安宁。

陶渊明在诗歌最后也发出了感叹：愿言蹑清风，高举寻吾契。

有朝一日，愿乘着轻风而去，去寻找红尘之外的知己。

那年，陶公做了一个美好的梦，梦里，曾见桃花落尽处，恍有故人来。

先生不知何许人

——东晋·陶渊明《五柳先生传》

先生不知何许人也，亦不详其姓字，宅边有五柳树，因以为号焉。闲静少言，不慕荣利。好读书，不求甚解，每有会意，便欣然忘食。性嗜酒，家贫不能常得。亲旧知其如此，或置酒而招之。造饮辄尽，期在必醉。既醉而退，曾不吝情去留。环堵萧然，不蔽风日；短褐穿结，箪瓢屡空，晏如也。常著文章自娱，颇示己志。忘怀得失，以此自终。

赞曰：黔娄有言，"不戚戚于贫贱，不汲汲于富贵"。其言兹若人之俦乎？衔觞赋诗，以乐其志，无怀氏之民欤？葛天氏之民欤？

那位先生是一个安静的人。
那位先生是一个奇怪的人。
那位先生是一个平凡的人。

那是陶渊明笔下的五柳先生，也是陶渊明理想中的自己。

五柳先生，不知何方人士，不知姓甚名谁。谜一样的存在，像是世俗之外的人，误入了红尘，隐于纷纷扰扰的人间，无人知晓他从何处来，也不问他将往何处去。

因他的宅院门前种着五棵柳树，人们便以此为号，称他"五柳先生"。一个连姓名都舍弃的人，还有什么无法舍弃？他是真正的隐士，舍弃门第，舍弃姓氏，舍弃前程，孤身于此，目及皆是天地，所念皆是星辰。

人活于世，总有剪不断的贪嗔痴恨，理还乱的爱恨情仇，那些情感交织在一起，成了牵挂，也成了枷锁。或许，也曾有人想过逃离，兜兜转转，却还是困在了原地，寸步难行。生而为人，便注定感性相随，难舍难断，忙碌奔波一生，到底值不值得？到底有何意义？

五柳先生是难得的人间清醒之人，他"闲静少言，不慕荣利"，性情安静，少言寡语，不求功名，不慕利禄，简单如白纸。不知先生曾经历过什么故事，竟活得如此通透，将门阀出身、高官厚禄全部抛下，只留此身独立于世间，无欲无求。

先生喜爱读书，从不过分探究一字一句的深意，只感悟书中的要旨，每当有所领会，便会欢喜得忘记吃饭。读书，是为了满足求知欲，只追求精神享受，而不执着于咬文嚼字，这本就是一种极为放松的读书态度。那个时代，大多数人无法如此"不求甚解"，他们会带着某种目的去读书，为了功名，为了前程，为了迎合，越沉迷，越执拗。

先生喜爱饮酒，文中用"性嗜酒"三字，足见五柳先生是生性爱酒，而非借酒消愁之人。然而，先生家中清贫，时常无法满足自己的嗜好，亲朋好友知晓此事，便摆设酒席招待他，一醉方休。他性情率真，去了便喝，醉了便走，只为饮酒，不为其他。

一书一酒，都乃先生平生所爱，纵使生活贫苦，他也未曾摧眉折腰事权贵。他守着一份赤子之心，成为想成为的自己。

他的居室简陋，遮不住风雨，挡不了烈日。他的穿着朴素，粗布短衣，满是补丁，就连家中盛饭的篮子和饮水的瓢都是空的。即便如此，他依旧安然自乐。这种物质上的"贫"恰恰是先生所不在意的，钱财名利于他而言，皆是身外之物，他有自己的追求：安贫乐道，不入红尘。

这一生，他从不计较得与失。人间一梦，白首之时皆成空，何必奔波，何必匆忙，何必为了五斗米而错过了沿途的风景？

战国时期，也有同五柳先生一般的人物，名为黔娄，是齐国的贤士。黔娄出身寒门，夫人施良娣却是贵族女子。许是天定的良缘，两个性情相合的人结为夫妻。成亲后，他们过着与世无争的日子，听四季风雨，望云卷云舒，等花开花落。

齐侯曾以重金聘黔娄为卿，黔娄辞而不受，后鲁恭公赐粟三千钟，聘他为相，他亦辞而不受。哪怕家徒四壁，也不愿追名逐利。黔娄过世后，好友曾参前去吊唁，只见黔娄停尸于破窗之下，身着旧袍，垫着破席，盖着的短衾竟不能遮挡首足，不禁感到心酸，便道："将短衾斜着盖，就可盖住全身。"

黔娄夫人却道："邪而有余，不如正而不足也。先生以不邪之故，能至于此。生时不邪，死而邪之，非先生意也。"

这番言语的深意是：黔娄先生在世时，宁可穷困，也要坚守正直，死而斜之，便违背了他的意愿。

而后，曾参又问黔娄的谥号，夫人答："以康为谥。"

古人逝世后，后人常以文字概括其一生。闻得黔娄的谥号为"康"，曾参甚是不解。先生生前，食不充饥，衣不蔽体，死则手足不敛，旁无酒肉，生不得其美，死不得其荣，焉能以"康"为谥号？

夫人答："昔先生君尝欲授之政，以为国相，辞而不为，是有余贵也。君尝赐之粟三十钟，先生辞而不受，是有余富也。彼先生者，甘天下之淡味，安天下之卑位。不戚戚于贫贱，不忻忻于富贵。求仁而得仁，求义而得义。其谥为康，不亦宜乎！"

果然，这世上最懂自己的人，莫过于朝夕相伴的枕边人。

不戚戚于贫贱，不忻忻于富贵。贤者，不为贫贱而焦虑悲戚，不为富贵而匆忙追求，一生求仁而得仁，求义而得义。

陶渊明曾作《咏贫士》：

> 安贫守贱者，自古有黔娄。
> 好爵吾不荣，厚馈吾不酬。
> 一旦寿命尽，弊服仍不周。

> 岂不知其极，非道故无忧。
> 从来将千载，未复见斯俦。
> 朝与仁义生，夕死复何求。

如此隐士，无所追求，亦无所依求，无奈生于水深火热之中，一人之力如何能救天下沧桑？不如远离世俗纷争，从此，清风明月相伴。这何尝不是一种安乐的人生！那份贫与乐，是许多人穷极一生也无法追寻的奢望。饮酒作诗，以乐其志，这样的人，不知是无怀氏时代的人，还是葛天氏时代的人。这样的人，到底在何处？

五柳先生便是陶渊明？是，却也不是。

陶渊明爱静、爱书、爱酒，向往无拘无束的人生。少时，不染纤尘，本爱丘山。后来，他成了俗人，委屈于人情世故之内，一颗心飘荡于尘世，沉沉浮浮，不知该进该退。奈何为生活所迫，他不得不踏入仕途，在矛盾中苦苦挣扎，几次出仕，几次辞官，兜兜转转十余年。终是于义熙元年（405），彻底结束了官宦生涯，归隐田园，直至生命的尽头。

生活如此公平，选择了隐居，便意味着清贫。所幸，他的余生是欢喜的，"晨兴理荒秽，带月荷锄归"，他活成了自己期待的样子，他叹道："人生似幻化，终当归空无。"

每个人都有选择未来的自由，谁也不知路的尽头是福是祸，与其纠结，不如决断。人生好似虚幻，最终都将归于空无，既然结果都一样，何不遵从自己的内心，随着风的方向，去爱，去恨，去肆意地活一场。

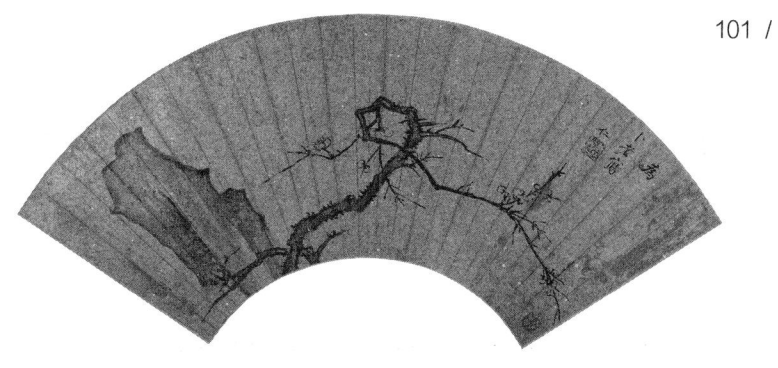

闲坐悲君亦自悲

——东晋·陶渊明《祭程氏妹文》

维晋义熙三年五月甲辰，程氏妹服制再周。渊明以少牢之奠，俯而酹之。呜呼哀哉！

寒往暑来，日月寖疏，梁尘委积，庭草荒芜。寥寥空室，哀哀遗孤。肴觞虚奠，人逝焉如！

谁无兄弟，人亦同生。嗟我与尔，特百常情。慈妣早世，时尚孺婴。我年二六，尔才九龄。爰从靡识，抚髫相成。

咨尔令妹，有德有操。靖恭鲜言，闻善则乐。能正能和，惟友惟孝。行止中闺，可象可效。我闻为善，庆自己蹈。彼苍何偏，而不斯报！

昔在江陵，重罹天罚。兄弟索居，乖隔楚越。伊我与尔，百哀是切。黯黯高云，萧萧冬月。白雪掩晨，长风悲节。感惟崩号，兴言泣血。

寻念平昔，触事未远，书疏犹存，遗孤满眼。如何一往，终天不返！寂寂高堂，何时复践？藐藐孤女，曷依曷恃？茕茕游魂，谁主谁祀？奈何程妹，于此永已！死如有知，相见蒿里。呜呼哀哉！

那年，棠梨花开，如深冬雪霰飘飘落落，满目皆是素白。

女孩跪在母亲的坟前，悲痛的哭声回荡在原野上，男孩静静地守在她的身旁，一直等到哭泣渐弱，方轻声道："你还有我，从今往后，我护你平安。"

那一年，男孩十二岁，女孩九岁。

后来，女孩便总是捧着一卷诗书，默默地跟在男孩身后，唤他一声："兄长。"

他教她辨是非，明善恶，告诉她，这世间，除了高官厚禄，还有更珍贵的东西，那便是自由。他眼里有山水，梦中有桃源，他是热爱生活的陶渊明。

来来去去，多少年岁，她成了窈窕淑女，他成了谦谦君子。

他亲自送她出嫁，目送着她远去，因她的夫君姓程，往后，他的诗文中只能称她：程氏妹。

这一别，不知何年何月才能相见。她总会寄来书信，告诉他，千里之外，尚有一人牵挂着他。那时候，总觉得岁月漫长，兄妹还有相见之期，怎料世事无常，一别半生，再无重逢之日。

他收到了一封信，从熟悉的武昌寄来，他以为只是寻常的家书，却没想到竟是丧讯。

谁能想到，兄长心中那个永远长不大的女孩，竟已经离开了人世。他对她的记忆，还停留在年少的时候，还停留在那个没有喧嚣、没有离别的年岁。

他记不清自己是如何马不停蹄地前往武昌的，一路寒风，一路悲痛，望见草木凋零，听见野马嘶鸣，哀思一次次涌上心间。旧年尚小，倚楼听雪，落笔成诗，将悲欢尝遍，而今再忆从前，却哽咽不敢言。

北风带来了飞雪，将她埋葬在桀骜的寒梅中，她会不会也有遗憾，遗憾时光匆匆，未能等到梦中的重逢？

若魂兮入梦来，那一定是雪夜。因为，她不愿看见他的白发，不愿抚摸他老去的容颜。

晋义熙三年（407），五月六日，陶渊明已为妹妹服丧约十八个月，并作《祭程氏妹文》。

开篇提到"服制再周"四字，按礼制，出嫁姊妹过世，只需服丧九月，他却为妹妹服丧十八个月，可见手足情深。

他以猪、羊为祭品，亲自斟满浊酒，俯身将酒缓缓洒向土地，长叹一声："呜呼哀哉！"

寒往暑来，时光渐逝。逝者长眠黄土，生者孤独前行，四季匆匆而过，夏不觉暑热，冬不觉寒冷，生者早已迷失在没有逝者的岁月里，哪知今夕何年？

那处宅院已许久无人打理，屋梁上积满了尘埃，庭院里生满了杂草，目之所及，尽是荒芜。曾经，这里也充斥着欢声笑语，夫妻举案齐眉，孩童嬉戏玩闹，只是，昔日的美好随着一个人的离世而荡然无存。从此,这座庭院便只剩下悲凉,以及思念。

空旷的屋子又传来女孩的啼哭声,这是程氏妹遗下的孤女,年纪虽小,却也知生离死别,物是人非。倘若,她听见了孩子的哭声,是否能魂归故里?化为春风,拂过旧日的庭院,将冰雪融化,让荒草复苏。

可是，她的亡魂又在何方？是黄泉？是碧落？天地茫茫不见君，这些酒肉祭品也只能作空虚的祭奠，逝去的故人，已不知去往何处！

谁无兄弟姐妹？同样是父母所生，他们兄妹之间的感情，却超过了其他人百倍。他们是同父异母的兄妹。陶渊明的生母孟氏为正室，程氏妹的母亲为妾，即为陶渊明的庶母。陶渊明八岁丧父，十二岁时庶母过世，妹妹年幼，尚未懂事，他悉心照顾，陪伴她走出悲伤，往后的日子，两个人互相爱护，一起成长。

年少时，无论他做什么，她总是默默跟随。一转身，一回眸，便能看见她的身影。记忆中，她的妹妹那般善良，他用世间最美好的词来称赞她："有德有操。靖恭鲜言，闻善则乐。能正能和，惟友惟孝。行止中闺，可象可效。"

德行兼备，操守坚正，谦逊少言，闻善事则内心欢喜，为人端正温和，既友爱兄弟，又孝顺长辈。她的一言一行皆为闺中女子的表率，值得仿效。

他听说善者通过努力便可得到幸福，可苍天为何如此不公，并未给她善报！她还有未完的心愿，还有未走的道路，还有未见的风景。她，还那么年轻！

如今，他转过身，再也瞧不见那抹熟悉的身影。

昔在江陵之时，他的生母孟氏过世，兄妹二人分散而居，相隔千里。至亲之人相继离世，他们各自尝尽了人间苦难，世态炎凉。本以为苦难尽头便是甘甜，未承想，苦难尽头还是苦难，直到妹妹过世，她的苦难方才结束。

他永远也忘不了那日清晨，苍穹如墨，乌云密布，北风萧瑟，白雪覆盖着大地，长风在寒冬中悲号，吹灭了灵堂最后一盏孤灯。

天亮了，只听哭声悲恸，泣血涟如。

追思往事，那些回忆仿佛就在眼前，不曾遥远。书房中，摆满了兄妹二人互通的书信，字字句句，皆是思念，结尾处，总要问一句：安好？

信笺犹在，写信之人却一去不返！寂静高堂，何时再返？

他望着她的遗孤，这个幼小的孩子，以后该依靠谁？亡者孤独的游魂，该由谁祭祀？

呜呼哀哉！红颜薄命，她的故事就这样结束了，于此永已！未曾留下一个名字，未曾写下半句诗篇。

香火燃尽，心已成灰，他许下一个阴阳之约：死如有知，相见蒿里。

若死后有知，便在阴间相见吧！

这一世缘分未尽，九泉之下的逝者会等着他吗？那会等多久？他不知道，也许是几年，也许是几十年……

二十年后，陶渊明卒于浔阳，享年63岁，友人私谥为"靖节"。

倘若蒿里相见，她是否能认得满头白发的他？

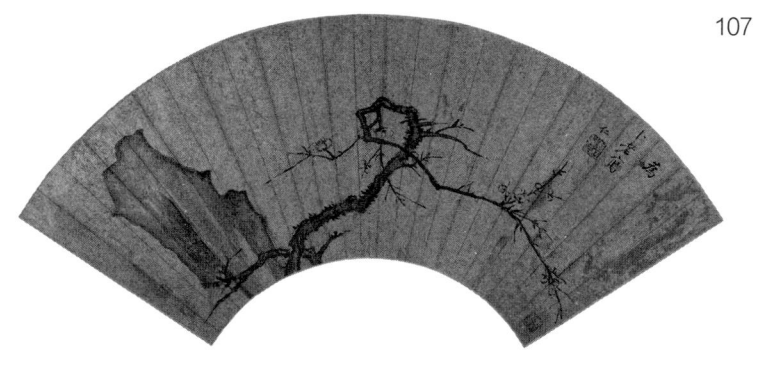

性本爱丘山

——东晋·陶渊明《归去来兮辞》

余家贫,耕植不足以自给。幼稚盈室,瓶无储粟,生生所资,未见其术。亲故多劝余为长吏,脱然有怀,求之靡途。会有四方之事,诸侯以惠爱为德,家叔以余贫苦,遂见用于小邑。于时风波未静,心惮远役,彭泽去家百里,公田之利,足以为酒,故便求之。及少日,眷然有归欤之情。何则?质性自然,非矫厉所得。饥冻虽切,违己交病,尝从人事,皆口腹自役。于是怅然慷慨,深愧平生之志。犹望一稔,当敛裳宵逝。寻程氏妹丧于武昌,情在骏奔,自免去职。仲秋至冬,在官八十余日。因事顺心,命篇曰《归去来兮》。乙巳岁十一月也。

归去来兮,田园将芜胡不归?既自以心为形役,奚惆怅而独悲?悟已往之不谏,知来者之可追。实迷途其未远,觉今是而昨非。舟遥遥以轻飏,风飘飘而吹衣。问征夫以前路,恨晨光之熹微。乃瞻衡宇，载欣载奔。僮仆欢迎，稚子候门。三径就荒，松菊犹存。携幼入室，有酒盈樽。引壶觞以自酌，眄庭柯以怡颜。倚南窗以寄傲，审容膝之易安。园日涉以成趣，门虽设而常关。策扶老以流憩，时矫首而遐观。云无心以出岫，鸟倦飞而知还。景翳翳以将入，抚孤松而盘桓。

归去来兮，请息交以绝游。世与我而相违，复驾言兮焉求？悦亲戚之情话，乐琴书以消忧。农人告余以春及，将有事于西畴。或命巾车，或棹孤舟。既窈窕以寻壑，亦崎岖而经丘。木欣欣以向荣，泉涓涓而始流。善万物之得时，感吾生之行休。

已矣乎！寓形宇内复几时？曷不委心任去留？胡为乎遑遑欲何之？富贵非吾愿，帝乡不可期。怀良辰以孤往，或植杖而耘耔。登东皋以舒啸，临清流而赋诗。聊乘化以归尽，乐夫天命复奚疑！

义熙元年（405）十一月，陶渊明正于彭泽县任彭泽令。

仲冬的寒风呼啸而过，他收到了一封信笺，缓缓打开，竟是妹妹的丧讯。

逝者已矣，生者如斯。生者，应当如何？半生蹉跎，余生该如何度过？

鸿雁盘旋于空，阵阵悲鸣，似不肯离去。

他轻叹道："归去来兮！"

是时候，该归去了，回到最初的地方，回到理想的地方。

几日后，陶渊明作《归去来兮辞》，自请免去官职，此后,开始了隐居生活。

序文中,他坦言因何为官,因何辞官。

从前,家中贫困,耕田无法自给自足,稚子太多,缸中无粮,已无法维持生活。无奈之下,亲友劝他做官,他的心中也生了这个念头,可求官缺少门路。此时,正赶上出使到外地的事情,地方大吏爱惜人才,便委任他往小县为官。只是,天下动荡不安,他惧怕去往远方,便请求去往离家一百里的彭泽县,那里公田收获之粮,足以酿酒。

过了一段日子,他又眷恋故乡的风景。性本爱自然,若非饥寒所迫,定然不会违背本意踏入官场。为官,皆为口腹。

他时常会感到惆怅,愧对于平生之愿。心愿为何?是山川,是河流,是耕田,是桃源。

不久之前,他惊闻妹妹噩耗,吊丧之心如骏马奔驰般急迫,便自己请求免去官职。仔细算来,从仲秋至寒冬,在职为官共八十多日。八十多日,像是一场繁华梦,看透了朝廷的黑暗,只想速速地辞官归去,成全自己的初心。

他本就属于田园,辞官,只是为了回到属于自己的地方。

此时,他终是可以说出埋藏心底的那句话:"归去来兮!"

"归去来兮,田园将芜胡不归?"

听,自由仿佛在召唤着他,将他从混沌的世间唤醒,从那之后,他的心灵将更加洁净,看得清黑与白,辨得了是与非。

归去吧!田园即将荒芜,为何还不归?当初,自己的心为身所驱役,其中滋味,冷暖自知。而今已知当时错,又何必为此惆怅悲伤？过去的事情便让它过去吧！

过去之错已不可挽回，未来的事情尚能补救。幸而走入迷途还未远，已觉悟到昨日之错，今日之对。不如就此归去，再不踏足这片伤心之地。

他想象着归去之时的画面：天刚刚放亮，他便乘船而去，"舟遥遥以轻扬，风飘飘而吹衣"，前方，便是故园。一路风尘，终于见了熟悉的家门，他如孩子般欣喜地奔跑过去。童仆前来迎接，稚子守候在门口，一家人其乐融融，甚是温馨。院内，小径已荒芜，松树菊花尚在，他带着孩子们进了屋子，佳酿已斟满酒樽。他端起酒壶，自斟自饮，感受着酒的清冽与香醇，不经意间，目光望向庭院的老树，露出怡然之态。他所求，不过是容膝之地，虽简陋狭小，却令人心安。闲暇时，紧闭园门，于园中独自散步，拄着拐杖，走走停停，时而抬头遥望远方，白云出山，飞鸟归林。暮色将至，他抚摸着孤松，徘徊不肯离去。

归去的时光何其逍遥！归去来兮，断绝交游，与世相忘，还要驾车去追求什么呢？与亲相谈，身心愉悦，弹琴读书，足以解忧。

农夫告诉他："春天到了。"

他便去西边的田地耕作，或是驾着小车，或是划着孤舟，探寻沟壑，踏过崎岖，感受着欣欣向荣的草木，聆听着涓涓流过的清泉。春季，万物复苏。只可惜，人生匆匆，他的生命将走到尽头。

既然人生苦短，为何不随心所欲？

陶渊明道:"富贵非吾愿,帝乡不可期。"

他不求富贵,不愿成仙,只愿独自去遇见良辰美景,一个人,扶杖耕种,登高长啸,临溪赋诗。何必惧怕时光?不如听其自然,乐天知命,安度余生。

人生苦短,谁知余生还剩多久?也许,明日便是最后一日。前半生,他为金银而奔波;后半生,他以自由来弥补。

那段平淡的日子,他写下六首《归园田居》。

六首诗,诗中有追悔,有压抑,有执着,有惬意,有向往。他未曾遮掩迷茫的过往,也未曾惧怕清贫的将来,前方的路,再无车马贵客,却有陋室陈酿。

有些人,热爱红尘繁华,忠于自由平凡。

海子说:"从明天起,做一个幸福的人。喂马、劈柴,周游世界。从明天起,关心粮食和蔬菜。我有一所房子,面朝大海,春暖花开。"

明天,你想成为什么样的人?你想遇见什么样的风景?

我,只想告别过去的我。

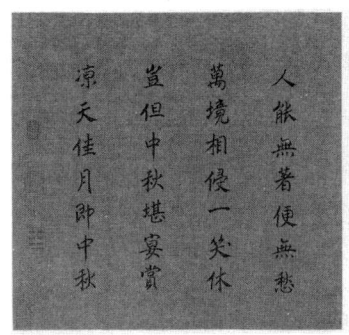

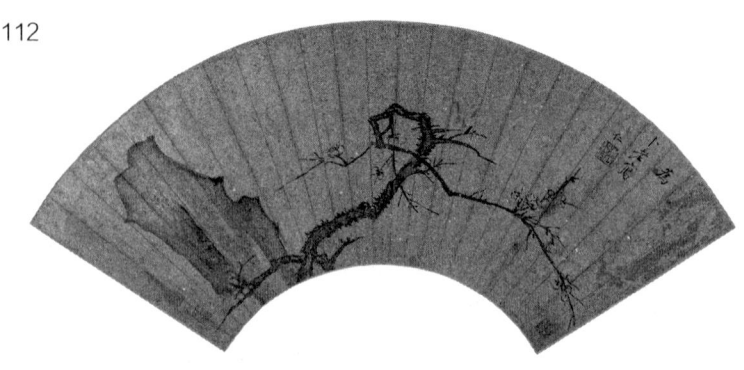

我寄人间雪满头

——南朝·刘义庆《咏雪》

谢太傅寒雪日内集,与儿女讲论文义。俄而雪骤,公欣然曰:"白雪纷纷何所似?"兄子胡儿曰:"撒盐空中差可拟。"兄女曰:"未若柳絮因风起。"公大笑乐。即公大兄无奕女,左将军王凝之妻也。

会稽,暮雪纷纷,天地苍茫。

一名男子徒步走在空无一人的窄巷,留下两行浅浅的脚印。风雪冲洗着人间,似要将尘埃掩埋。

他走向一座宅子,轻轻地叩响朱门,递上拜帖,恭敬地道:"我乃会稽新任郡守刘柳,慕名拜访内史夫人。"

侍者请他入门。庭院寂寥,红梅白雪,这里,曾有多少如烟往事,如今,只剩下岁月抹不去的伤。

厅堂内,女子端坐着,容颜已改,风姿如前,时光并未侵蚀她的灵魂,沧桑之后,从容依旧。此女便是内史夫人谢道韫,她食尽人间烟火,依然不染一尘,深陷红尘之中,却未曾困于囹圄。

那日,二人相谈许久,从家国天下到世间玄理,她的一言一词,宛如星辰微光,照亮着荒芜的乱世。

窗外,风雪未停,她望着漫天飞雪,幽幽地问:"白雪纷纷何所似?"

那雪,像什么?

这句话,是年少时,叔父谢安问众人的。

那年,谢氏家族聚会,男女老幼皆在,欢欢喜喜相聚一堂。陈郡谢氏,晋朝鼎鼎有名的望族,钟鸣鼎食之家,诗书簪缨之族,父亲谢奕是安西将军,叔父谢安是当朝宰相,她身为长女,自幼熟读诗书,见解独到,深得长辈器重。

只可惜她不是男儿,否则,定有一番自己的天地。

家族相聚,谢安如往日一般,给子侄辈讲解诗文。

不久,天降飞雪,谢安问:"白雪纷纷何所似?"

谢朗道:"空中撒盐差不多可以相比。"

谢道韫答:"不如比作柳絮乘风而起。"

用撒盐拟之,终是不高明,若用柳絮,更为传神。况且,飞雪与柳絮,一个来自寒冬,一个来自暖春,皆是自然之物。

从此,她便有了"咏絮之才"的美名。

锦瑟年华,恰少年,万物皆美好。无忧,无虑,无惧,无畏，一切的一切，只为心中的欢喜。

可惜，这样的时光终是短暂的。

寒冬已过，檐上残雪在微风中融化，桃花还未盛开，那提亲的人已在来的路上……

名门闺秀，谢氏才女，她的婚姻，早已是家族的利益纽带。婚嫁之事，是规则，是宿命。那时候，她并不知这场婚姻意味着什么，只知道叔父谢安甚是上心，物色许久，最终选中了琅琊王氏，王羲之之次子，王凝之。

她也默默接受了家族的安排，一袭红衣，嫁入王家。也曾有过憧憬，也曾有过深情，只不过，现实一次次击碎她的梦。

王凝之，究竟是怎样的人？

相处多年，她竟不知如何形容他。明明是世家子弟，却平庸至极，不务正业，痴迷五斗米道，拜神起乩。

谢安曾问她："王凝之此人如何？"

她直言道："一门叔父则有阿大、中郎，群从兄弟复有封、胡、羯、末，不意天壤中，乃有王郎！"

谢氏家族，叔父辈有谢安、谢据，兄弟中有谢韶、谢朗、谢玄、谢渊，皆是人中龙凤，未曾想到，天地之间，竟有王凝之这般愚蠢之人！

她如此厌恶这场政治联姻，又不得不为了家族，隐忍了所有的不幸。人这一生，总有太多的身不由己。什么父母之命，什么世俗礼法，什么流言蜚语，这些东西束缚着她的脚步，让她难以逃离。

哪怕她那般绝望，谢氏家族也未提出"和离"。

她只能继续扮演着"左将军王凝之妻",屈服于时代的牢笼,直到心中的伤痛,无知无觉。

某个寂静的深夜,她已将自己遗忘在了长风里……

数年后,王凝之任会稽内史,忽逢孙恩、卢循起义。

乱军进犯,大敌当前,王凝之不作为,终日闭门烧香,祈求道祖保佑百姓平安。谢道韫数次劝谏,他充耳不闻,并呵斥道:"我已请大道,借鬼兵守诸津要,各数万,贼不足忧也。"

无奈之下,她便亲自招募数百家丁,日夜训练,整军备战。

那一日,敌军破城,烧杀抢掠,她亲眼看见王凝之及其子女死于刀刃之下,鲜血染红了玉阶。刹那间,耳边一片寂静,她已听不清那些哀号声,怔怔地望着他们满是伤痕的尸体,不知过了多久,她才缓缓抬起头,紧握着手中的兵器,目光决绝地杀向贼人。

为百姓而战,为城池而战,为自己而战。也许,只有这一刻,她才真正属于自己。她不是谁的女儿,不是谁的夫人,她只是谢道韫。

然而,仅凭百人之力,如何抵御外敌?

被俘之时,她抱着年仅3岁的外孙刘涛,厉声喊道:"事在王门,何关他族!必其如此,宁先见杀。"

闻言,孙恩不禁心生敬佩。他早就听闻谢道韫之才名,今日一见,更觉得此女名不虚传。他并未杀她,而是派人将他们送回了会稽。

经此战乱,她已是孑然一身。浩浩天地,风雨如晦,她又将如何度过余生?她选择了孤独与自由,寡居会稽,足不出户。从此,不卷入是非之争,不过问红尘之事,一心专于写诗著文,自在逍遥。

晚年的她,曾写下《泰山吟》:

> 峨峨东岳高,秀极冲青天。
> 岩中间虚宇,寂寞幽以玄。
> 非工复非匠,云构发自然。
> 器象尔何物?遂令我屡迁。
> 逝将宅斯宇,可以尽天年。

她想离开这诡谲的人境,回归自然,隐于山林。

可叹,她又不能离去,人间尚有牵挂,她始终背负着家族的使命,如一株芬芳,于乱世中绽放。

战乱平定后,新任会稽郡守的刘柳时常拜访谢道韫,世人并不知他们说了什么,只知道,刘柳离去后,逢人便道:"内史夫人风致高远,词理无滞,诚挚感人,一席谈论,受惠无穷。"

旧时王谢,堂前飞雪,人间有何可期?

后来,她见过无数场雪,埋葬了她的青春,冰封了她的深情。她以淡然的姿态,行走于世间,容颜慢慢衰老,双眼渐渐模糊,她已瞧不清飞雪的模样,只望见,天地之间,浑然一色,那是纯粹的白,是灵魂的本色。

下雪了。

那雪像什么?

像故人旧时的泪,像梨花染白了头……

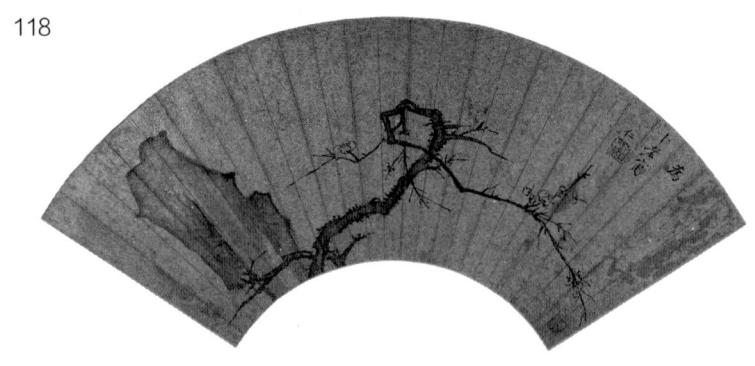

多情自古伤离别

——南朝·江淹《别赋》

黯然销魂者,唯别而已矣!况秦吴兮绝国,复燕宋兮千里。或春苔兮始生,乍秋风兮暂起。是以行子肠断,百感凄恻。风萧萧而异响,云漫漫而奇色。舟凝滞于水滨,车逶迟于山侧。棹容与而讵前,马寒鸣而不息。掩金觞而谁御,横玉柱而沾轼。居人愁卧,怳若有亡。日下壁而沉彩,月上轩而飞光。见红兰之受露,望青楸之离霜。巡层楹而空掩,抚锦幕而虚凉。知离梦之踯躅,意别魂之飞扬。

故别虽一绪,事乃万族。至若龙马银鞍,朱轩绣轴,帐饮东都,送客金谷。琴羽张兮箫鼓陈,燕、赵歌兮伤美人,珠与玉兮艳暮秋,罗与绮兮娇上春。惊驷马之仰秣,耸渊鱼之赤鳞。造分手而衔涕,感寂寞而伤神。

乃有剑客惭恩,少年报士,韩国赵厕,吴宫燕市。割慈忍爱,离邦去里,沥泣共诀,抆血相视。驱征马而不顾,见行尘之时起。方衔感于一剑，非买价于泉里。金石震而色变，骨肉悲而心死。

或乃边郡未和，负羽从军。辽水无极，雁山参云。闺中风暖，陌上草薰。日出天而曜景，露下地而腾文。镜朱尘之照烂，袭青气之烟煴。攀桃李兮不忍别，送爱子兮沾罗裙。

至如一赴绝国，讵相见期？视乔木兮故里，决北梁兮永辞。左右兮魄动，亲宾兮泪滋。可班荆兮憎恨，惟樽酒兮叙悲。值秋雁兮飞日，当白露兮下时。怨复怨兮远山曲，去复去兮长河湄。

又若君居淄右，妾家河阳。同琼珮之晨照，共金炉之夕香。君结绶兮千里，惜瑶草之徒芳。惭幽闺之琴瑟，晦高台之流黄。春宫閟此青苔色，秋帐含兹明月光，夏簟清兮昼不暮，冬釭凝兮夜何长！织锦曲兮泣已尽，回文诗兮影独伤。

傥有华阴上士，服食还仙。术既妙而犹学，道已寂而未传。守丹灶而不顾，炼金鼎而方坚。驾鹤上汉，骖鸾腾天。暂游万里，少别千年。惟世间兮重别，谢主人兮依然。

下有芍药之诗，佳人之歌，桑中卫女，上宫陈娥。春草碧色，春水渌波，送君南浦，伤如之何！至乃秋露如珠，秋月如珪，明月白露，光阴往来，与子之别，思心徘徊。

是以别方不定，别理千名，有别必怨，有怨必盈。使人意夺神骇，心折骨惊，虽渊、云之墨妙，严、乐之笔精，金闺之诸彦，兰台之群英，赋有凌云之称，辩有雕龙之声，谁能摹暂离之状，写永诀之情者乎？

绝情谷，断肠崖，小龙女离去前，曾留下几行字：十六年后，在此相会，夫妻情深，勿失信约。

十六年的岁月，杨过创出了一套掌法，定名为"黯然销魂掌"。

黯然销魂者，唯别而已矣！

人生就是不停地经历着相遇、相识、相离，倘若一定要离别，那便好好告别吧。

我们各自离去，奔赴海角与天涯……

江淹写下《别赋》时，一定是孤独的，一定是惆怅的。在那个战乱不安的年代，团圆早已成为奢望，别离才是寻常。"别"之一字，太过于沉重，像等不来黄昏的夜，像遇不见暖阳的雪。

相隔千里的国度，望不见归路。春时苔痕尚青，转瞬间秋风又起。四季更迭，变了的是眼前的草木，不变的是游子的凄凉。风萧萧，云漫漫，船只停留水边而不动，马车徘徊山道而不行，船桨迟缓不忍向前，马儿嘶鸣不愿离去。离别的一幕总是那般相似，或是风雨凄凄，或是秋风落叶，千言万语难解离愁。

那人已将金杯盖住，此时，谁有心思饮下浊酒？酒可消愁，却留不住即将离去的人，一切都是枉然。欲抚琴相送，又知曲调悲凉，徒增哀伤，只能搁置琴瑟，偷偷拭去泪水。

留下的人怀着愁绪而卧，怅然若失，望着映在墙上的阳光寸寸西沉，等着冰冷的月光倾泻轩窗，这般滋味几人能知？蓦然间，又见红兰沾秋露，青楸遭寒霜。年年岁岁，任凭时光逝去，终是留不住。他走在旧日的屋舍，只见房门空掩，空空荡荡，指尖抚过锦帐，顿生悲凉。

离人在梦中踯躅难行，他们的魂魄可能飘回故乡？

多情自古伤离别，"别"之一字，何其复杂，其中滋味，各有不同。《别赋》一共写了七种离别：富贵别、侠客别、从军别、绝国别、夫妻别、求道别、恋人别。

富贵别，那是一场极尽奢华的宴席。觥筹交错，玉盘珍馐，轻歌曼舞，香车美人。人们在箫鼓中高歌，在酒香中沉醉，临别之时，却依旧寂寞伤神。喧嚣过后的寂静才是最可怕的。等到宾客散去，等到烛火燃尽，总要有人独自面对那清冷的月光，孤独的身影。富贵又如何？繁华又如何？终是难逃"别"字。

侠客别，不仅仅是离别，更是慷慨赴死的诀别。"韩国赵厕，吴宫燕市"分别是指四大刺客：聂政、豫让、专诸、荆轲。

聂政，魏国人，因除害杀人，携母及姊避祸，隐匿于齐国，以屠为业。韩国大夫严仲子受丞相侠累迫害，四处流亡，欲寻侠士为自己报仇。听闻聂政侠义心肠，数次登门拜访，以黄金为其母庆寿，与聂政结为知己。聂母过世后，聂政为母守孝三年，后感念严仲子知遇之恩，独自一人仗剑入韩府，刺杀侠累于阶上，又杀侍卫数十人，自知难逃重重围困，剖腹自杀。自杀前，担心牵连其姊，以剑自毁面容，挖去双目。其姊不忍聂政的英名埋没于世间，远赴韩认弟尸，悲声痛哭，撞死于聂政的尸骨旁。市人感其姐弟侠义，为他们厚殓。

豫让，晋国人，晋国正卿智伯瑶的家臣。赵、韩、魏联合攻打智氏，智伯瑶兵败身故。豫让为给智伯瑶报仇，先后多次刺杀赵襄子未遂。后又以漆涂满全身，令自己面目全非，吞炭改变自己的声音，暗藏于桥下，伺机刺杀赵襄子，却不料被赵襄子察觉，被其所捕。豫让知道自己难逃一死，请赵襄子褪下衣衫，拔剑刺穿其衣，以示为主报仇，而后仰天大呼曰："吾可以下报智伯矣！"遂拔剑自刎。

专诸，吴国人，屠户出身，孝顺母亲，体贴妻子，后与伍子胥结交。伍子胥将其举荐给吴王诸樊之子公子姬光，公子姬光对其厚待有加。吴王诸樊有三个弟弟：大弟余祭，二弟夷昧，三弟季札。诸樊知季札贤德，故不立太子，有意传位给其弟。诸樊死后，传位余祭，余祭死后，传夷昧，夷昧死后，本该传位于季札，奈何季札不肯接受，于是，夷昧之子僚自立为王。公子姬光认为此举不合乎礼法，伺机夺取皇位，派专诸刺杀僚。专诸因母亲尚在，犹豫不决，其母知晓，为成全此事，自缢而亡。专诸葬母后，与公子姬光谋划刺杀之事。宴席上，专诸将匕首藏于鱼肚中，行至吴王僚面前，抽出匕首，猛刺过去，匕首穿透三层重甲，僚当即死亡。僚死后，公子姬光立为吴王，此人便是历史上赫赫有名的吴王阖闾。

荆轲，魏国人，为人侠义，游历至燕国，田光将其引荐给太子丹，太子丹礼遇之。秦灭赵后，大军逼近燕国南界，太子丹派荆轲刺杀秦王。临别时，在易水岸边，高渐离击筑，荆轲高唱："风萧萧兮易水寒，壮士一去兮不复还。"荆轲入咸阳宫，趁献图之际刺杀秦王，图穷匕首见，刺秦王不中，被秦国侍卫所杀。

侠客之别，割舍挚爱，远走异乡，从骑上征马的那一刻，便注定无法回头。前方，或是黄泉，或是深渊。士为知己者死。为了值得的人，为了值得的事，他们义不容辞，他们义无反顾。

从军别，战乱未平，少年负弓从军，踏上一条悲壮之路。他们是孤勇者，以性命保卫河山，不问归期，不畏生死。春风送暖，陌上草木芬芳，旭日从天边缓缓升起，照着地上的露珠闪耀着光。桃李花期，正是明媚之时，一名女子攀着桃李枝头，目送着丈夫离去，泪水湿了衣衫，是悲伤，是不舍，是牵挂。

此后，可有相见之时？若有，又是何年何月？那将军归来之时，是否会一路唱着"昔我往矣，杨柳依依，今我来思，雨雪霏霏"？

绝国别，一旦远赴遥远的国度，哪里还会有相见之日？离人望着乔木，只想将熟悉的故里牢牢地刻在心里，一草一木总关情，皆是眷恋。桥上辞别，送行的亲朋正低声抽泣，暗暗垂泪，缓缓端起酒杯，诉说心中的伤痛。正值秋日，大雁南飞，白露为霜，那人已走过远山，行过河流，山一程，水一程，回首时，已望不见故园的方向。

夫妻别，又是诉不尽的儿女情长，君住淄水西，妾住黄河北，同佩琼玉，共品沉香。如今，郎君即将往千里之外任官，妾只能如仙山琼草徒然芬芳，虚度时光。自郎君走后，闺中寂寥，已无心弹琴、织布，更不愿卷起帷幕远望。终于知道，没有爱人的四季，如此凄凉。春时楼宇紧闭，隔绝了庭外的青翠之色；秋时帷帐垂下，映着清冷月光；夏时竹席清凉，迟迟等不到暮色降临；冬时灯火昏暗，黑夜又如此漫长。一首织锦曲，一组回文诗，道不尽女子的相思惆怅。

求道别，离别之人是于华山清修的道士，多年修道，以求成仙。修道者，了却红尘，不问世事，每日坚定地守着炼丹鼎，恒心常在，信念不改。若成，便可驾鹤上云霄，乘鸾飞九天。只是，飞升之时，也是离别之时，与凡尘世人告别，与前尘往事诀别。天上一小别，人间已千年。哪怕是仙人，也会流露出不舍。

恋人别，最缠绵的离别。你可曾听过芍药之诗？可曾唱过佳人之歌？《诗经·鄘风·桑中》中曾写离别："期我乎桑中，要我乎上宫，送我乎淇之上矣。"在桑中等待，在上宫约会，在淇水送别，伤如之何！又是凉夜深秋时节，白露似珍珠，寒月如玉珪，时光逝去又复来，与君相别，相思渡口久徘徊。

七种离别，不同的场景，不同的故事，离别总有"悲"生，必有"怨"盈。

古今多少才子，难写永诀之情。离别，仿佛是一瞬间的事情，各自转身之时，相忘于世间。离去的人，满怀悲伤；留下的人，心有遗憾。

如果我们终要离别，便送上祝福吧。

即便此生不会重逢，你也应当为我欢喜。我的前方，是我选择的方向。我不愿成为离人，我只想做个过客，路过你的人间，留下惊鸿一瞥。

无论海角，还是天涯。

阁中帝子今安在

——唐·王勃《滕王阁序》

豫章故郡，洪都新府。星分翼、轸，地接衡、庐。襟三江而带五湖，控蛮荆而引瓯越。物华天宝，龙光射牛斗之墟；人杰地灵，徐孺下陈蕃之榻。雄州雾列，俊采星驰。台隍枕夷夏之交，宾主尽东南之美。都督阎公之雅望，棨戟遥临；宇文新州之懿范，襜帷暂驻。十旬休假，胜友如云；千里逢迎，高朋满座。腾蛟起凤，孟学士之词宗；紫电青霜，王将军之武库。家君作宰，路出名区；童子何知，躬逢胜饯。

时维九月，序属三秋。潦水尽而寒潭清，烟光凝而暮山紫。俨骖騑于上路，访风景于崇阿。临帝子之长洲，得仙人之旧馆。层峦耸翠，上出重霄；飞阁流丹，下临无地。鹤汀凫渚，穷岛屿之萦回；桂殿兰宫，即冈峦之体势。

披绣闼，俯雕甍，山原旷其盈视，川泽纡其骇瞩。闾阎扑地，钟鸣鼎食之家；舸舰弥津，青雀黄龙之舳。云销雨霁，彩彻区明。落霞与孤鹜齐飞，秋水共长天一色。渔舟唱晚，响穷彭蠡之滨；雁阵惊寒，声断衡阳之浦。

遥襟甫畅，逸兴遄飞。爽籁发而清风生，纤歌凝而白云遏。睢园绿竹，气凌彭泽之樽；邺水朱华，光照临川之笔。四美具，二难并。穷睇眄于中天，极娱游于暇日。天高地迥，觉宇宙之无穷；兴尽悲来，识盈虚之有数。望长安于日下，指吴会于云间。地势极而南溟深，天柱高而北辰远。关山难越，谁悲失路之人？萍水相逢，尽是他乡之客。怀帝阍而不见，奉宣室以何年？

嗟乎！时运不齐，命途多舛。冯唐易老，李广难封。屈贾谊于长沙，非无圣主；窜梁鸿于海曲，岂乏明时？所赖君子见机，达人知命。老当益壮，宁移白首之心？穷且益坚，不坠青云之志。酌贪泉而觉爽，处涸辙以犹欢。北海虽赊，扶摇可接；东隅已逝，桑榆非晚。孟尝高洁，空怀报国之情；阮籍猖狂，岂效穷途之哭！

勃，三尺微命，一介书生。无路请缨，等终军之弱冠；有怀投笔，慕宗悫之长风。舍簪笏于百龄，奉晨昏于万里。非谢家之宝树，接孟氏之芳邻。他日趋庭，叨陪鲤对；今晨捧袂，喜托龙门。杨意不逢，抚凌云而自惜；钟期既遇，奏流水以何惭？

呜呼！胜地不常，盛筵难再；兰亭已矣，梓泽丘墟。临别赠言，幸承恩于伟饯；登高作赋，是所望于群公。敢竭鄙怀，恭疏短引；一言均赋，四韵俱成。请洒潘江，各倾陆海云尔。

滕王高阁临江渚，佩玉鸣鸾罢歌舞。

画栋朝飞南浦云，珠帘暮卷西山雨。
闲云潭影日悠悠，物换星移几度秋。
阁中帝子今何在？槛外长江空自流。

那个人来了！

这是洪州文人皆知的事情。

洪州都督阎伯屿重修滕王阁，定于九月九日重阳节，于滕王阁宴请文人雅客，一睹大唐才子们的风姿。

那个人也在受邀之列。此人是谁？他乃大唐奇才王勃，他与杨炯、卢照邻、骆宾王合称"初唐四杰"。6岁解属文，词情英迈，与兄才藻相类，父友杜易简曾称赞："此王氏三珠树也。"

只是，如今的王勃，还是当年的王勃吗？

当年的王勃，16岁时，便通过皇甫常伯向皇帝（唐高宗李治）献《乾元殿颂》，次年，又通过李常伯上《宸游东岳颂》，接着应幽素科试及第，授朝散郎，担任沛王府修撰，成为朝廷最年轻的官员。17岁，看尽长安花开，领略盛世华章。

许是太过年少，他开始肆无忌惮地书写，丝毫不顾后果。见沛王喜好斗鸡，便作《檄英王鸡文》，为沛王助兴。皇帝闻之，勃然不悦，怒斥其文，并将他逐出王府。后来，他的好友虢州司法凌季友，为他在虢州谋了一个参军之职。任职期间，他藏匿了一名叫曹达的官奴，后惧怕事情泄露，杀其了事，因此获罪，幸而遇天下大赦，未被处死。这桩案子，有人猜测是诬陷，有人则认定是事实。是非真假，众说纷纭。

他只恨自己连累了父亲,使父亲从雍州司功参军被贬为交趾县令。这人生的浮浮沉沉,让他渐渐失去了昔日的风华。

如今的王勃,如何赴宴?以何等姿态位列于宾客之中?

这并不是一场简单的宴席,阎伯屿有自己的谋算。为了让自己的女婿展露才华,他特意命女婿事先作好一篇序,以便一举成名。

宴席之上,丝竹之声不绝,谈笑之声不断,待到宾客酒酣时,阎伯屿拿出笔墨,邀宾客作序。宾客毫无准备,无人敢作。

这时,王勃缓缓起身,接过笔墨,淡然地道:"不才有幸赴宴,今日,斗胆作序。"

阎伯屿虽心中有怒,却也不敢发作,便假装离席更衣,并派人暗中窥探王勃的文章,随时报与他知。

第一次报"豫章故郡,洪都新府",阎伯屿听之,只道:"老生常谈。"

第二次报"星分翼轸,地接衡庐",阎伯屿未作声。

第三次报"落霞与孤鹜齐飞,秋水共长天一色",阎伯屿惊叹道:"天才也!"

一纸《滕王阁序》,惊艳了大唐文坛,是盛世的点缀,是旧日的枯荣。

"豫章故郡,洪都新府",这八个字,的确是老生常谈。不过,凡是为亭台楼阁作序,总要写明地点、方位。此处曾是汉代的豫章郡城,今是洪州的新府。天上的方位,属翼、轸两个星宿的分野,地上的方位,则是连接着衡山与庐山。以三江为衣襟，以五湖为衣带，贯通楚地和越地。

这里物华天宝，人杰地灵，雄州雾列，俊采星驰。城池位于中原与南方的交界处，宾客、主人皆是来自东南方向的杰出之人。

他提到了两个人，一个是阎都督，他名望颇高，远道而来，坐镇洪州。另一个是宇文州牧，乃美德楷模，于赴任途中，暂留洪州。一主一客，皆是位高权重之人。每逢十旬休假，便是良友如云，不远千里而来，一时间，高朋满座。文坛词宗孟学士，其文如腾蛟起凤；骁勇善战王将军，武库中全是青锋宝剑。

至于同为宾客的王勃，他自言："我只是往交趾探父，途经此地，年幼无知，有幸赴宴，不胜感激。"

宦海浮沉，终是让那个桀骜不驯的少年低下了头。他如此圆滑，先是称赞"宾主尽东南之美""都督阎公之雅望"，然后谦虚地称自己"童子何知，躬逢胜饯"。

滕王阁，最初由唐高宗李渊的第二十二个儿子滕王李元婴所建，以其封号作阁名。

此时，正当深秋九月。秋雨的积水消尽后，寒潭显出一片清澈，天空中凝结着淡淡的云烟，暮霭中，山峦呈现着紫色。有人在山路上驾着马车，有人在崇山峻岭中访求风景，有人来到昔日帝子之长洲，有人找寻仙人居住的旧馆。

这里的山，层峦耸翠，上冲云霄。这里的阁楼，飞阁流丹，下临无地。这里的凫渚，仙鹤栖止，纡曲回环。这里的宫殿，华丽巍峨，依山而建。

推开五彩绘画的门楼，俯视雕刻的屋脊，山峦平原，尽收眼底，川流迂回，令人惊叹。遍地是里巷屋舍，多是钟鸣鼎食的富贵人家。舸舰停满了渡口，尽是雕黄雀刻黄龙之船。

雨过天晴，阳光朗煦，忽现"落霞与孤鹜齐飞，秋水共长天一色"之景。此句是千古绝唱，晚霞自上而下，孤鹜自下而上，好似齐飞，秋水与青天相接，浑然成一色。更有渔舟唱晚，歌声响彻彭蠡之滨，也有雁群哀鸣，声断衡阳之浦。

遥遥远望，顿感舒畅，超逸的意兴勃发飞扬。箫声引来清风徐徐，歌声留住白云飘动。

"睢园绿竹，气凌彭泽之樽"，这句话引用到两个典故。"睢园"是指西汉梁孝王刘武以睢阳为中心，建造的一座园林。此园雕梁画栋，绿竹连绵十余里，天下文人皆受邀来此雅集。"彭泽"是指陶渊明，他曾任彭泽令，喜好饮酒。这句话的意思是：今日，滕王阁的宾客好似睢园雅集，诸位的酒量也胜于陶渊明。

同样，"邺水朱华，光照临川之笔"也用了典故。"邺水朱华"，是指曹植曾作《公宴诗》，诗中有句"朱华冒绿池"，朱华，即荷花。"临川之笔"，指南朝诗人谢灵运，他曾任临川内史。这句话是借曹植、谢灵运比拟滕王阁盛宴上的文人。

"四美具"，音乐、饮食、文章、语言这四种美好事物俱全。西晋刘琨《答卢谌诗》中言："音以赏奏，味以殊珍，文以明言，言以畅神。"

四美容易齐备,贤主与嘉宾却难得凑在一起。现在,宴席之上,既有四美,又有贤主、嘉宾。这里,依旧是赞许之词。

接下来笔锋忽转,像是陷入喧嚣以后的寂静,孤独且凄凉。

他们远眺苍穹,尽情欢娱,感叹天地之广阔,宇宙之无穷。欢喜尽,悲伤来,方意识到世间万物,盈虚兴衰,自有定数。

望长安沉落于夕阳之下,看吴郡隐现于云烟之间。此地偏远,南溟幽深难测,天柱高不可攀,北辰何其遥远?那距离,更像是他与仕途的距离。关山难越,何人同情失意之人?可怜萍水相逢,尽是他乡之客。满座嘉宾,竟无一人是知己。

他如此怀念君王的宫门,却不被召见,何年方能入宣室侍奉君王?

人生啊,时运不济,命运坎坷。古往今来,多少人求而不得,得而老矣?

冯唐易衰老,李广难封侯。这不正是此时的王勃吗?高阁之上,满是嘉宾,或官,或贵,而他,仅仅是一个不能侍君的罪人。

他又提到了英年早逝的贾谊、怀才不遇的梁鸿。

贾谊,生于汉代,汉文帝对其才华甚是赏识,拟任他为公卿。然而,朝中臣子妒能害贤,诬陷贾谊"专欲擅权,纷乱诸事",文帝将他贬为长沙王太傅,后转任梁怀王太傅。梁怀王坠马而亡,他自愧失职,一年后,抑郁而终,年仅33岁。

梁鸿,家贫而苦学,学成后,未得重用,竟被分配至上林苑养猪。因作一首同情百姓、讽刺王室的《五噫歌》，惹怒帝王，帝王下令抓捕梁鸿。梁鸿闻讯，携家眷逃往齐鲁海滨，官兵追到齐鲁，梁鸿继续南逃，于吴地安顿。

这般壮志难酬的人，天下还有多少？倘若真的走上穷途末路，又当如何？

王勃认为"君子见机，达人知命"，君子懂得时机，达人知晓命运。年岁虽老，但心犹壮，岂能因白发而改变此生的心愿？境遇贫困而意坚，无论何时何地，不坠凌云之志。即便

饮下贪泉之水，内心依旧清爽；即便身处干涸之辙，心胸依旧欢喜。

北海虽远，乘风仍可到达，晨光已逝，惜黄昏却也不晚。孟尝君品行高洁，却空有一腔报国之情；阮籍放荡不羁，岂能效仿他无路可走时恸哭而返？

他的过往，有得有失，有对有错。他也知道，往事不可改，前路不可知，只愿不再为仕途而悲伤，不再为旧事而执着，若可以，有朝一日，重新来过。

他啊，三尺微命，一介书生。如此卑微，如此渺小。

无路请缨，报国无门，既有班超投笔从戎的豪情，也有宗悫乘风破浪的壮志。虽称不上谢家的"宝树"，但也能和贤德之士相交往。

至于前路，他依旧满怀希冀，故而写下"杨意不逢，抚凌云而自惜"。杨得意举荐司马相如，司马相如方能得汉武帝赏识。王勃也希望遇见这样的人，若未遇见，便只能抚弄着凌云文章而独自叹惜。

今日宴席，他赋诗作序，也许只是为了遇见一位"钟子期"。

胜地不能常存，盛筵难以再逢。兰亭雅集已成往事，石崇的梓泽也成废墟。千古风流名士，皆已千古，今朝相聚，明朝散去，他们也不过是盛世的过客。

临别之时，他又作了一首小诗。

滕王高阁临江渚，佩玉鸣鸾罢歌舞。
画栋朝飞南浦云，珠帘暮卷西山雨。
闲云潭影日悠悠，物换星移几度秋。
阁中帝子今何在？槛外长江空自流。

临江高歌，歌舞已休。试问，阁中帝子今何在？已随着那江水东流而去。

数月后，王勃至交趾。那是偏远之地，人烟稀少。

他目睹了父亲的沧桑与窘困，一时之间，竟不知如何面对父亲。

父亲却劝他，早日离去，回归征途。

于是，他又踏上了征途，寻求新的开始。

怎奈宿命无常！

正值夏季，南海风急浪高，王勃不幸溺水，惊悸而亡。

他终是没能如愿，短暂的人生定格在了二十六岁，还有好多未看的风景，还有好多未写的诗句，还有好多……

勃，字子安，三尺微命，一介书生，宛如飞星般划过大唐的文坛，刹那，芳华。

未见白首，却也执笔书写了不朽的诗篇。

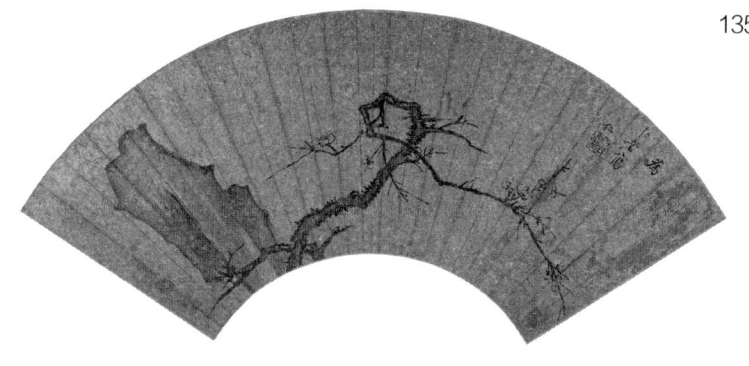

长门尽日无梳洗

——唐·江采蘋《楼东赋》

玉鉴尘生,凤奁香殄。懒蝉鬓之巧梳,闲缕衣之轻缘。苦寂寞于蕙宫,但凝思乎兰殿。信摽落之梅花,隔长门而不见。况乃花心扬恨,柳眼弄愁。暖风习习,春鸟啾啾。楼上黄昏兮,听风吹而回首;碧云日暮兮,对素月而凝眸。温泉不到,忆拾翠之旧游;长门深闭,嗟青鸾之信修。

忆昔太液清波,水光荡浮,笙歌赏宴,陪从宸旒。奏舞鸾之妙曲,乘画鹢之仙舟。君情缱绻,深叙绸缪。誓山海而常在,似日月而无休。

奈何嫉色庸庸,妒气冲冲。夺我之爱幸,斥我乎幽宫。思旧欢之莫得,想梦著乎朦胧。度花朝与月夕,羞懒对乎春风。欲相如之奏赋,奈世才之不工。属悉吟之未尽,已响动乎疏钟。空长叹而掩袂,踌躇步于楼东。

唐宫的梅花只为一人绽放，那人便是梅妃。

梅妃，本姓江，莆田人，生于医学世家，九岁能诵《周南篇》《召南篇》，并对父亲道："我虽为女子，当以此为志。"

其父甚是惊讶，便为她取名采蘋，此名出自《诗经·召南·采蘋》："于以采蘋？南涧之滨。"

开元年间，高力士出使闽地，见江氏相貌清丽，携其回京，侍奉君王。宫中佳丽如云，浓妆艳抹，国色天香，雍容华贵，她们极力迎合着盛唐的审美，以丰满为美，以红妆为媚，她们皆是美人，却只是寻常的美人。江采蘋不似这些女子，她淡妆素裹，冰姿玉骨，出尘脱俗，宛若一株白梅，冰雪著此身，凌寒独自开。

她是独一无二的存在，玄宗见之，颇为倾心，知她爱梅，便命人在其宫中种满梅树，并亲笔题写匾额，名曰"梅亭"，称她为"梅妃""梅精"。

清冷佳人，从不献媚取宠，亦不隐忍退让。宫宴之上，有人故意踩了她的鞋子，她登时离去，皇帝亲自去请，她便以"胸腹疾作"为由，拒绝赴宴。所谓恃宠而娇，是一种对爱情的自信，她知道，他能包容自己的一切。

后宫佳丽千万，皇帝独爱梅妃。月下赏梅，庭前作诗，她也曾写下《萧兰》《梨园》《梅花》《凤笛》《玻杯》《剪刀》《绮窗》七篇赋。

也曾梅下吹笛，也曾惊鸿一舞，后来，几度梅花开落，故人已非从前。爱情啊，总是经不住岁月的考验！

杨家有女名玉环，美得不可方物，一朝入宫，六宫粉黛尽失颜色。如果梅妃是清冷的风，那杨玉环便是热情的火。玄宗纵容玉环的骄横、嫉妒，甚至心机。

梅妃失宠，迁入上阳东宫，效仿陈阿娇，千金求赋。然而，盛世长安，遍地才子，竟无人作赋。只怕是畏惧贵妃权势，无人敢为。也罢，与其求人，不如求己。她缓缓铺平宣纸，手执旧笔，沉思良久，写下三个字：楼东赋。

君王数月未临，故而"玉鉴尘生，凤奁香殄"，玉镜上积满了尘埃，妆奁中的香气已消散。她懒得梳洗，懒得穿戴，玉梳、缕衣皆闲置已久。

终日"寂寞于蕙宫"，"凝思乎兰殿"。于寂寞时沉思，所思为何？无非是君王。陛下啊！那梅花一瓣瓣飘零，隔着长门，你却看不见落红的凄凉。她何尝不是落梅呢？盛开时，万人称赞，凋落时，无人知晓。唯有寒风，会记得那一缕残香。

花若有心，那心中必是怨恨，柳若有眼，眼中全是哀愁。"暖风习习，春鸟啾啾"，美人独坐西楼，于风中回望，碧云日暮，素月如霜，凝眸处，皆是惆怅。

昔日，汤泉沐浴，拾翠游乐，旧事一桩桩，写满了君王的深情。如今，华清池旁，又留下了哪位美人的香韵？

忆昔太液池，清波漾漾，水光荡浮，笙歌赏宴，她日日陪伴君王左右。那时候，她吹奏妙曲，乘坐仙舟，与君情意缱绻，难舍难分。

故人，可还记得当初的誓言？"誓山海而常在，似日月而无休",你曾说,我们的爱要像山海般常在,像日月般无休。山盟海誓,犹在耳畔,为何仍有别离时?

她说:"奈何嫉色庸庸,妒气冲冲。夺我之爱幸,斥我乎幽宫。"

有人嫉妒成性,夺走她的宠爱,贬斥她于幽宫。她没有提及此人的名字,也许,不止杨玉环一人。深宫之中,步步难行,便是无意争宠,也会遭人嫉恨。有时候,存在便是错,更何况,她曾是无可替代的存在。

她知旧日欢情难再得,只愿往事入梦,一解相思之苦。当女子开始依靠回忆活着,那她的心定是千疮百孔。

冷宫寂寥,无悲无喜,那美人站在梅树下,空度多少花朝月夜,年华逝去,已是无颜对春风。

文赋未成,晨钟已响。

一缕阳光照进寝殿,她放下笔,掩面长叹,独自徘徊。

梅妃命人将这篇《楼东赋》送给玄宗,玄宗读后,不禁心生怜惜。杨玉环闻知此事,不悦地道:"江妃庸贱,以诔词宣言怨望,愿赐死。"

玄宗默然不语。

有了朱砂痣,难忘白月光,男人不都是如此吗?

可惜,一纸深情,难挽君心。他仅是感觉有些愧疚,想了想,并未召见梅妃,而是派人给她送去一斛珍珠。

一斛珍珠,原来她的爱只值一斛珍珠。

她苦笑着摇摇头,写下一首诗拒绝了皇帝的"怜悯"。

谢赐珍珠

柳叶双眉久不描,残妆和泪污红绡。

长门自是无梳洗,何必珍珠慰寂寥!

多久未曾召见?多久未曾梳妆?既不愿相见,也不必以珍珠安慰寂寥之人。易求无价宝,难得有情郎,别用金钱侮辱了爱情。

她望向殿外的梅花,疏疏淡淡,暗香浮动。年年岁岁花相似,岁岁年年人不同。再美的花,都抵不过不爱之人的凉薄。日暮长相思,君恩不可追。

经此一事,她大彻大悟,不再奢望,不再等待,她依旧困于冷宫,却不会彷徨悲叹。偶尔,她会望望天边的浮云,幻想着高墙之外的红尘。

她本就是来自民间的雪梅，点缀琼枝，自有暗香，怎奈薄情之人将梅折下，赏玩后，咏叹后，便随意弃之，任其枯萎。君王不是惜花人，误了花期，负了梅魂。他心中有天下，有美人，唯独没有她。

　　不爱以后，还有什么放不下！身份、地位、权势通通忘却，她不再是梅妃，而是江采蘋。

　　安史之乱爆发，玄宗携贵妃弃城而逃。

　　长安沦陷，叛军破城而入，江采蘋死于叛军刀下。自古红颜多薄命，一抔黄土葬风流。她，直到生命的最后，也未能离开这牢笼。

　　多年后，玄宗归京，他在梅树下找到了江采蘋的尸骨。那枝头，梅香如故，只是再无语笑嫣然。

　　明明是帝王，却什么也留不住。杨玉环死于马嵬坡，江采蘋死于长安城，他的残年，只能在无尽的内疚中度过……

　　若有来生，便让他们错过吧！

　　关于梅妃的故事，正史皆无记载，后人也曾怀疑她是否真实存在过。这样的女子，我希望她存在过。所谓盛世，不应只有霓裳羽衣，还应有傲雪寒梅。

　　若问梅花何处落，风雪一夜满人间。

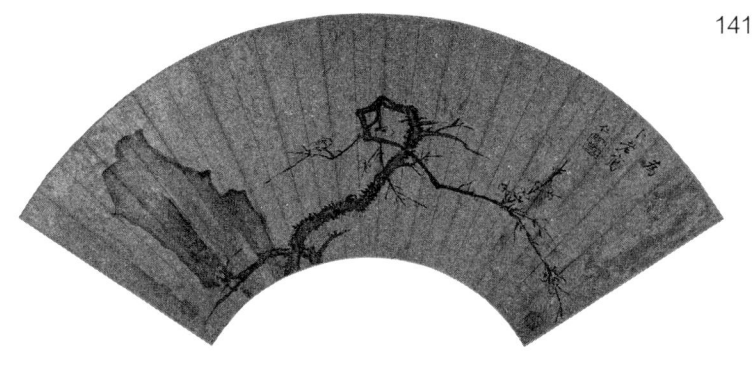

君埋泉下泥销骨

——唐·韩愈《祭十二郎文》

年、月、日,季父愈闻汝丧之七日,乃能衔哀致诚,使建中远具时羞之奠,告汝十二郎之灵:

呜呼!吾少孤,及长,不省所怙,惟兄嫂是依。中年,兄殁南方,吾与汝俱幼,从嫂归葬河阳。既又与汝就食江南,零丁孤苦,未尝一日相离也。吾上有三兄,皆不幸早世。承先人后者,在孙惟汝,在子惟吾,两世一身,形单影只。嫂尝抚汝指吾而言曰:"韩氏两世,惟此而已!"汝时尤小,当不复记忆。吾时虽能记忆,亦未知其言之悲也。

吾年十九,始来京城。其后四年,而归视汝。又四年,吾往河阳省坟墓,遇汝从嫂丧来葬。又二年,吾佐董丞相于汴州,汝来省吾,止一岁,请归取其孥。明年,丞相薨,吾去汴州,汝不果来。是年,吾佐戎徐州,使取汝者始行,吾又罢去,汝又不果来。吾念汝从于东,东亦客也,不可以久。图久远者，莫如西归，将成家而致汝。呜呼！孰谓汝遽去吾而殁乎！吾与汝俱少年，以为虽暂相别，终当久相与处，故舍汝而旅食京师，以求斗斛之禄。诚知其如此，虽万乘之公相，吾不以一日辍汝而就也。

去年，孟东野往。吾书与汝曰："吾年未四十，而视茫茫，而发苍苍，而齿牙动摇。念诸父与诸兄，皆康强而早逝，如吾之衰者，其能久存乎？吾不可去，汝不肯来，恐旦暮死，而汝抱无涯之戚也！"孰谓少者殁而长者存，强者夭而病者全乎！

呜呼！其信然邪？其梦邪？其传之非其真邪？信也，吾兄之盛德而夭其嗣乎？汝之纯明而不克蒙其泽乎？少者、强者而夭殁，长者、衰者而存全乎？未可以为信也。梦也，传之非其真也，东野之书、耿兰之报，何为而在吾侧也？呜呼！其信然矣！吾兄之盛德而夭其嗣矣！汝之纯明宜业其家者，不克蒙其泽矣！所谓天者诚难测，而神者诚难明矣！所谓理者不可推，而寿者不可知矣！

虽然，吾自今年来，苍苍者或化而为白矣，动摇者或脱而落矣。毛血日益衰，志气日益微，几何不从汝而死也。死而有知，其几何离？其无知，悲不几时，而不悲者无穷期矣。

汝之子始十岁，吾之子始五岁。少而强者不可保，如此孩提者，又可冀其成立邪？呜呼哀哉！呜呼哀哉！

汝去年书云："比得软脚病，往往而剧。"吾曰："是疾也，江南之人常常有之。"未始以为忧也。呜呼！其竟以此而殒其生乎？抑别有疾而至斯乎？汝之书，六月十七日也。东野云，汝殁以六月二日，耿兰之报无月日。盖东野之使者，不知问家人以月日；如耿兰之报，不知当言月日。东野与吾书，乃问使者，使者妄称以应之耳。其然乎？其不然乎？

今吾使建中祭汝，吊汝之孤与汝之乳母。彼有食可守以待终丧，则待终丧而取以来；如不能守以终丧，则遂取以来。其余奴婢，并令守汝丧。吾力能改葬，终葬汝于先人之兆，然后惟其所愿。

呜呼！汝病吾不知时，汝殁吾不知日，生不能相养以共居，殁不能抚汝以尽哀，敛不凭其棺，窆不临其穴。吾行负神明，而使汝夭；不孝不慈，而不能与汝相养以生，相守以死。一在天之涯，一在地之角，生而影不与吾形相依，死而魂不与吾梦相接，吾实为之，其又何尤！彼苍者天，曷其有极！自今已往，吾其无意于人世矣！当求数顷之田于伊、颍之上，以待余年。教吾子与汝子，幸其成；长吾女与汝女，待其嫁。如此而已。

呜呼！言有穷而情不可终，汝其知也邪！其不知也邪！呜呼哀哉！尚飨！

长夜荒芜，星河万里。

又忆故人十二郎。

若年少的时光再长一些，会不会就没有那么多遗憾？

回望天地苍茫，多少草木葬于寒风，逝去的人，又化为哪颗星宿？

某年、某月、某日，韩愈在听闻十二郎丧讯的第七日，让仆人建中在远方准备了祭品，告慰十二郎之灵。

一纸祭文，诉尽哀思。

这篇祭文是生者与逝者的对话，有回忆，有悲痛，有自责，种种情感交织在一起，似一封寄往黄泉的信。

韩愈说：

我自幼丧父，等到大一些，已记不清父亲的模样，只有依靠兄长、兄嫂抚养。兄长韩会正值中年时，与宰相元载交往甚密，后元载结党营私，入狱赐死，兄长因此受到牵连，贬为韶州刺史，次年，殁于贬所，只剩下兄嫂、你、我三人。

那时候，我与你年纪尚小，跟随兄嫂将兄长的灵柩送回河阳安葬。而后，又往江南谋生，四处飘零，孤苦伶仃，未有一日分离。

我本有三位兄长，皆不幸早逝。这后代中，子孙辈只有你，儿子辈只有我，韩家子孙两代各剩一人，形单影只。还记得，兄嫂曾抚摸着你的头对我说："韩氏两世，惟此而已！"

那时候，你年纪尤小，已无记忆，我虽能记事，却未能体会话中之悲。

十九时，我离开宣城，初到京城长安，参加科考。四年以后，才归宣城，见了你一面。又过了四年，我已进士及第，往河阳凭吊祖先时，遇见了你护送兄嫂的灵柩来此安葬。又过了两年，我在汴州辅佐董丞相，你曾去探望，留下住了一年，并请归家接家眷。第二年，董丞相过世，我离开汴州，你没能来成。还是这一年，我在徐州辅佐军务，派去接你的人刚动身，我便被免职，你又未来成。

世事难料，总有无常，相见甚难。

我也有自己的规划，我想："你跟着我在东边的汴州、徐州，也是客居，不可久居。从长远考虑，莫不如我回故乡，在那里安家以后，再去接你。"

谁料，你竟突然离世！那一刻，所有的梦想化为泡影，剩下的只有无尽的遗憾与懊悔。

终究还是太迟！当初，你与我俱少年，总以为虽短暂相别，终有长久相处之日。因此，我舍你而去，旅居长安，只为求得微薄的俸禄。若知结局如此，即使让我做公卿宰相，我也不愿离开你一日而去赴任。

去年，孟东野（孟郊）到你那里去时，我写给你一封信，信上说："我的年纪未到四十，却视力模糊，白发苍苍，牙齿松动。想起各位父兄，皆在壮年早逝，像我这般衰弱的人，还能长活于世吗？我不可往，你又不肯来，恐怕我早晚一死，你便会有无尽的悲伤。"

谁料，年轻强壮者先逝，而体弱年长者反而活着！

丧讯传来的时候，我不愿相信这个事实，反反复复地怀疑，自言自语着："其信然邪？其梦邪？其传之非其真邪？"

是真的吗？还是做梦呢？还是传来的消息不真实呢？

我该相信吗？如果是真的，为何兄长那般盛德反而早早绝后了？为何你那般纯明反而不能承受他的恩泽？为何年少强者反而要早逝？为何年老衰者反而活在世上？

"未可以为信也。"这丧讯，我不敢当真，也不愿相信。

可是，现实的一切又逼迫我不得不信。若是梦，若噩耗非真,那东野的信笺,那耿兰之报丧,为何又在我的身侧?

我终是面对了现实,叹道:"其信然矣!"

是真的,都是真的。昔日故人,已成了墓中之魂。

兄长有盛德竟早早失去了后代,你纯善聪慧,本应继承家业,如今却无法承受父亲的恩泽。这是天意吧!天意难测,神者难明。所谓天理不可推测,寿命不可预知。

其实,自今年以来,我微霜的头发就要全白,松动的牙齿就要脱落。身体日益衰弱,志气日益低迷,或许,过不了多久,便要随你而去。若死后有知,又能相离多久?若死后

无知，便也悲痛不了多少时日，可死后不悲痛的时间却是无穷的。

你的儿子，才十岁，我的儿子，才五岁。少而强者尚不能保全，如此年幼的孩子，又怎能希望他们立业呢？

我还记得，去年你来信说："近来得了软脚病，时常发作，疼得厉害。"

我回道："这种疾病，江南之人常常会有。"

当时，我只觉得并非重病，不值得为此忧虑。谁知竟会因此而殒命？或是因别的隐疾而不幸？

你的信是六月十七日写的。东野说，你是六月二日殁的。耿兰报丧时并未说明日期。大概是东野派去的人不知向你的家人问明日期，而耿兰报丧竟不知应告诉日期。东野给我写信时，才去问使者，使者随便说个日期应付了事。是这样的吗？还是不是这样的呢？

如今，我派建中来祭奠你，安慰你的孩子与你的乳母。他们有吃食，足够守到丧期终了。等到丧期结束，我便把他们接来。倘若不能守到丧期终了，我就立即接来。其余的奴婢，令他们为你守丧。若我有能力迁葬，最后定把你葬于祖坟旁，如此，才算了却心愿。

你患病之时，我不知时间；你过世之时，我不知日期。生时不能共居相养，死时不能抚汝尽哀，入殓时不能棺前守灵，下葬时不能亲临墓穴。我辜负了神明，才使你早逝，不孝不慈，既不能与你相养以生，又不能与你相守以死。一个在天涯，一个在地角，生时不能形影相依，死后不能魂显吾梦。这都是我的过错,又能抱怨何人?这悲伤怎有尽头?

从今往后,我已无意奔波于人世!只求回到故里,置办良田数顷,以度余生。好生教养吾子与汝子,希望他们成才。抚养吾女与汝女,等到她们出嫁。余生之愿,仅此而已。

言有穷,情未终。九泉之下的你,知道还是不知道呢?

许多事情,在时过境迁后,方能知晓其中悲凉。如今,回忆往昔,才知人生何其艰难,别离何其无奈。韩愈没有详细描写二人年少的时光,许是不忍回忆,许是太难割舍。想来,那应是一段毕生难忘的经历。

中原动荡不安,为了躲避战乱,他们颠沛流离,无处安身。小小年纪,便知人间疾苦,便懂人情世故。韩愈自知,唯有读书,方能挽救天下黎民,他日记数千百言,能通"六经"、百家学,又考取功名,为仕途而操劳。

成年之后两个人仅见了三次,三次而已,如何一诉衷肠?

人生小有所成时,他已经开始憧憬未来,于故里安家,弥补二人年少时求而不得的温暖。

只是,还未来得及付出行动,他的十二郎便永远地离开了人世。昔年如梦,今朝如霜。这一生,终是辜负了年少的梦。

某年,某月,某日。

桃花又落在谁的坟上,这般灼灼桃花,却有人再也看不见了……

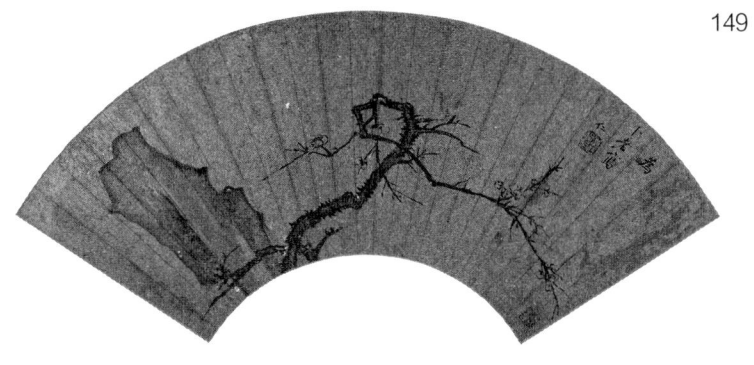

古之学者必有师

——唐·韩愈《师说》

古之学者必有师。师者,所以传道、受业、解惑也。人非生而知之者,孰能无惑?惑而不从师,其为惑也,终不解矣。

生乎吾前,其闻道也固先乎吾,吾从而师之;生乎吾后,其闻道也亦先乎吾,吾从而师之。吾师道也,夫庸知其年之先后生于吾乎?是故无贵无贱,无长无少,道之所存,师之所存也。

嗟乎!师道之不传也久矣!欲人之无惑也难矣!古之圣人,其出人也远矣,犹且从师而问焉;今之众人,其下圣人也亦远矣,而耻学于师。是故圣益圣,愚益愚。圣人之所以为圣,愚人之所以为愚,其皆出于此乎?

爱其子,择师而教之;于其身也,则耻师焉,惑矣。彼童子之师,授之书而习其句读者也,非吾所谓传其道、解其惑者也。句读之不知,惑之不解,或师焉,或不焉,小学而大遗,吾未见其明也。

巫医、乐师、百工之人，不耻相师。士大夫之族，曰师、曰弟子云者，则群聚而笑之。问之，则曰："彼与彼年相若也，道相似也，位卑则足羞，官盛则近谀。"呜呼！师道之不复，可知矣。巫医、乐师、百工之人，君子不齿，今其智乃反不能及，其可怪也欤！

圣人无常师。孔子师郯子、苌弘、师襄、老聃。郯子之徒，其贤不及孔子。孔子曰："三人行，则必有我师。"是故弟子不必不如师，师不必贤于弟子，闻道有先后，术业有专攻，如是而已。

李氏子蟠，年十七，好古文，六艺经传皆通习之，不拘于时，学于余。余嘉其能行古道，作《师说》以贻之。

长安，国子监。

这里是大唐最高学府，无数学子神往之地。笔墨生香，出口成章，往来皆是青年才俊。

那年，棠梨花开，书声琅琅，一个名叫李蟠的弟子走到韩愈面前，问道："何为师者？"

韩愈沉思良久，未答一字。

何为师者？他35岁任国子监四门博士，任职以来，所见所闻，尽是不正之风。朝廷腐败，科场黑暗，官吏以尊师重道为耻，士大夫不愿求师，羞于为师，如此种种，实在令人心寒。

何为师者？他想给世人一个答案。

韩愈道："古之学者必有师。"

古代求学之人必有师。何为师？传道、授业、解惑之人，为师者要传授道理，教授学业，解答疑惑。

我们皆是寻常之人，并非一生下来就博学广知，谁能无惑？有惑，若不从师学习，便始终不得解惑。

那么，如何择师？韩愈言："生乎吾前，其闻道也固先乎吾，吾从而师之；生乎吾后，其闻道也亦先乎吾，吾从而师之。"

出生在"我"之前的人，若他懂得道理比"我"早，我便跟从他；出生在"我"之后的人，若他懂得道理比我早，我也跟从他。世人求师问道，何必在意"其年之先后生于吾"？

为师者，无贵贱之分，无长幼之别，道理存在的地方，便是为师者存在的地方。

如今，师道之风何存？

世人碍于门第、颜面、规则，耻学于师，若遇一心求学者，必出言讥笑。这种扭曲的心态，究竟是何人之过？

他感慨道："嗟乎！师道之不传也久矣！欲人之无惑也难矣！"

师道之风已很久未流传了！

古之圣人，尚且要从师问道，今之众人，其才能远不及圣人，却耻学于师。这便是圣人与愚人的不同之处，因此，圣人更加圣明，愚人更加愚昧。

世人爱子，则为子择师，可自己却耻学于师。这又是为何？难道，仅仅因为年长，便不愿求师？若是这般，那世人未免太过浅薄。

那些童子之师,授之诗书,习其句读,并非传道、授业、解惑者。不知句读,不能解惑,有的向老师请教,有的却不向老师请教,学习小的,而丢弃大的,这种人并非明达。

长安城中,那些文人大夫、高官权贵,自以为高人一等,何其愚昧!

巫医、乐师、工匠等人,尚不以学习为耻,士大夫之族,听到"老师""弟子"之称,竟群聚而笑之。

若问他们为何发笑,他们则答:"彼与彼年相若也,道相似也,位卑则足羞,官盛则近谀。"

这就是大唐的士大夫!他们竟以年龄、地位、官职,去判断一个人的学识。

他们可知,即便是圣人孔子,也曾从师?

孔子曾以郯子、苌弘、师襄、老聃为师。

孔子曰:"三人行,则必有我师。"

故而,弟子未必不如师,师未必贤于弟子。闻道有先后,术业有专攻,无论是圣人还是普通人,都在传道、授业、解惑的路上。

这是一篇写给青年学子的治学之词。

那个叫李蟠的学子,正是十七岁的年华,好古文,贯六艺,不受俗世拘束。后生既有从师之心,前辈便以《师说》相赠。

愿他一生莫失己道。

柳宗元在《答韦中立论师道书》中言:"独韩愈奋不顾流俗,犯笑侮,收召后学,作《师说》,抗颜而为师。世果群怪聚骂,指目牵引,而增与为言辞,愈以是得狂名。"

《师说》一文,彻底激怒了那些依附权贵的势利小人,如此惊世骇俗的言论,注定不被世俗所容,众人相聚咒骂,指指点点,群起而攻之。

那些流言蜚语并未击垮韩愈的斗志,他依旧是那个时代的独行者,历经现实风霜,不曾磨平棱角。

也许,盛唐容不下他的张狂,但千年过后,世人都将读懂他的傲骨。

他站在黑暗里,找寻光明。

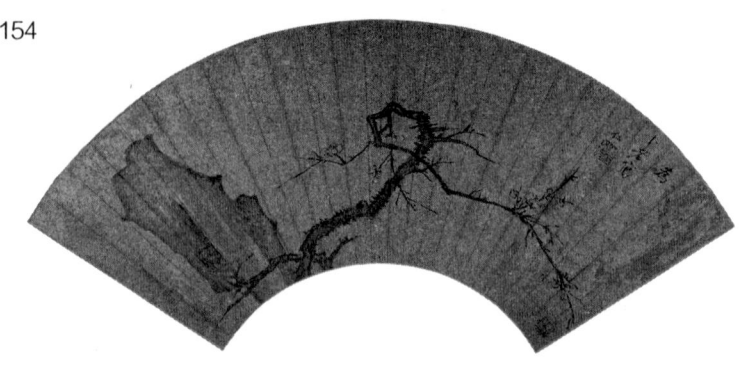

栖身陋室听风雨

——唐·刘禹锡《陋室铭》

山不在高,有仙则名。水不在深,有龙则灵。斯是陋室,惟吾德馨。苔痕上阶绿,草色入帘青。谈笑有鸿儒,往来无白丁。可以调素琴,阅金经。无丝竹之乱耳,无案牍之劳形。南阳诸葛庐,西蜀子云亭。孔子云:"何陋之有?"

八月秋风,萧瑟入骨。

大唐长安城,兴庆宫,空荡寂寥,宫娥影稀,老人静静地站在廊下,沧桑的眼眸凝望着满地落叶,难掩哀伤。

此时此刻,曾经的那位皇太子李纯应已坐在宣政殿的龙椅之上,受臣子朝拜,成为大唐新的帝王。

而他这位太上皇,将渐渐被世人遗忘,最终,孤独地死于黑夜中,亡于华丽的牢笼里。

他是大唐的第十一位皇帝李诵,从登基到退位,仅有短短半年。

只因他即位后,重用了王叔文、王伾等人,进行了一场改革。他们维护统一,反对藩镇割据,反对宦官专权,动摇了宦官的权力。于是,这年七月,宦官俱文珍等人逼迫久病不愈的皇帝下诏,称:"积疚未复,其军国政事,权令皇太子纯句当。"

几日后,太子李纯即位,李诵退位,称太上皇,徙居兴庆宫。

这场改革终究还是失败了,那些参与改革的臣子,或是贬官,或是赐死,牵连甚广,无一幸免。这其中便有刘禹锡。

先是被贬为远州刺史,再被贬为远州司马,十年后,奉诏回京,却因一首《元和十年自朗州召至京戏赠看花诸君子》,得罪了当朝权贵,被贬到播州当刺史,幸有裴度、柳宗元等人相助,改为连州刺史。而后数年,辗转多地为官,皆为刺史。

那年,他调任和州为刺史,居陋室,悟德行,作《陋室铭》。《历阳典录》记载:"陋室,在州治内,唐和州刺史刘禹锡建,有铭,柳公权书碑。"

铭,是一种刻在器物上的文体,用于自我警诫或歌功颂德。

相传,刘禹锡初到和州,当地的知县故意刁难,将其住所安排在城南,面江而居。刘禹锡并未不悦,提笔写下两句话,贴于门上:"面对大江观白帆,身在和州思争辩。"

知县得知后,又将其住所迁至城北,位于德胜河边,仅一间屋子。刘禹锡见江边杨柳依依,便又写下两句话:"垂柳青青江水边,人在历阳心在京。"

知县再次派人将他迁到县城中部,狭小的居室只能容下一床、一桌、一椅,这一次,刘禹锡愤然写下《陋室铭》,刻于石碑之上,立在陋室门前,以颂德馨。

人,终其一生,到底在追求什么?我们漂泊于世间,像是在经历一场华丽的表演,伪装着自己,欺骗着自己,为难着自己,落幕时,又忘记了自己。那么,忙忙碌碌,又是为何?倘若,你也有一间陋室,你是否还会选择喧嚣?

"山不在高,有仙则名。水不在深,有龙则灵。"以山水起兴,告诉世人,山高水深皆不重要,重要的是山中有仙,水中藏龙。山不在于高,有了神仙便有了名气。水不在于深,有了龙便有了灵气。

山水如此,陋室亦是如此。这间居室虽然简陋,却因主人的高尚品行而不再简陋。先有"德",才有"馨"。若是身处繁华之中,却行苟且之事,纵有千金,也难换一室芳馨。

当年,他22岁进士及第,31岁任监察御史,居于朱门贵府,雕栏画栋,锦衣华服,出入皆权贵,来往皆富贵。那时候,指点江山,风光无限,怎奈世事无常,还未乘风而起,便跌落深渊。一场改革,令多少人失去了性命,断送了前程?多年来,他漂泊各地,行过山山水水,才知昔日的满堂衣冠,不如一盏清茶,三两知己。他曾言:"谪居沅湘江,为江山风物之所荡,往往指事成歌诗。"

如今,他不再感叹世态炎凉,只愿居于陋室,等待一朵花开。推开门,便可看见台阶上的碧绿苔痕,草色青葱,映入帘中,这一绿一青,皆是他最爱的淡雅之色。

陋室虽小,却能引来志同道合的知己。此处谈笑的都是博学多识之人,来往的没有不学无术之徒。他们弹奏素琴,翻阅佛经,无管弦呕哑扰乱双耳,无官府公文劳其身体。陋室是安静的,安静到没有尘世的喧嚣,有的只是鸿儒谈笑,阳春白雪。

文章的最后,刘禹锡又提到诸葛亮与扬子云。南阳有诸葛亮的草庐,西蜀有扬雄的子云亭。这二位身处乱世之中,躬耕隐居,潜心笃志,淡泊名利,只等明君出现,一展抱负。这也是刘禹锡的心愿,他有避世之心,是因庙堂艰险,尔虞我诈,令他失去了曾经的热情。但是,他又如此渴望遇见一位明君,让他的余生可见光芒。

"孔子云:何陋之有?"出自《论语》,原文是:"子欲居九夷。或曰:'陋,如之何?'子曰:'君子居之,何陋之有?'"

孔子想去九夷之地居住,有人说:"那里简陋,如何是好?"

孔子说:"君子居住,怎么会感到简陋?"

既是君子,便不会在乎住所。陋室不陋,因君子而德馨。

这间陋室,刘禹锡住了两年。两年后,他奉调回洛阳。途中,于扬州逢白居易。席上,白居易作《醉赠刘二十八使君》赠之,刘禹锡作《酬乐天扬州初逢席上见赠》酬赠。

醉赠刘二十八使君

为我引杯添酒饮,与君把箸击盘歌。
诗称国手徒为尔,命压人头不奈何。
举眼风光长寂寞,满朝官职独蹉跎。
亦知合被才名折,二十三年折太多。

酬乐天扬州初逢席上见赠

巴山楚水凄凉地,二十三年弃置身。
怀旧空吟闻笛赋,到乡翻似烂柯人。
沉舟侧畔千帆过,病树前头万木春。
今日听君歌一曲,暂凭杯酒长精神。

从被贬到此时,共二十三年的光阴。人事变迁,仕宦沉浮,仿佛是一场久久的梦。幸而,醒来时,路的前方,万木皆春。

那夜,饮不尽的杯中酒,唱不完的蹉跎歌,古今多少惆怅事,全在笑谈中。唯有豁达,才能释怀。

也许,人生的意义本就不在于追求什么,而在于得到什么。曾经的追求未必会如愿,可那追求的过程早已刻骨铭心。我们记得,爱时,会有暖风拂面;恨时,会有冰雪入骨;念时,会有明月倾泻;忘时,会有残阳沉江。那些过往都不再是过往,是谢幕时,华美的霓裳。

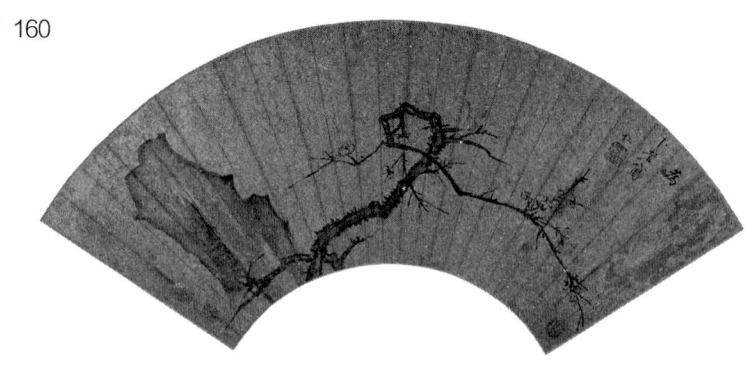

一枝一叶总关情

——唐·柳宗元《种树郭橐驼传》

郭橐驼,不知始何名。病偻,隆然伏行,有类橐驼者,故乡人号之"驼"。驼闻之曰:"甚善。名我固当。"因舍其名,亦自谓"橐驼"云。

其乡曰丰乐乡,在长安西。驼业种树,凡长安豪家富人为观游及卖果者,皆争迎取养。视驼所种树,或移徙,无不活,且硕茂,蚤实以蕃。他植者虽窥伺效慕,莫能如也。

有问之,对曰:"橐驼非能使木寿且孳也,能顺木之天,以致其性焉尔。凡植木之性,其本欲舒,其培欲平,其土欲故,其筑欲密。既然已,勿动勿虑,去不复顾。其莳也若子,其置也若弃,则其天者全而其性得矣。故吾不害其长而已,非有能硕茂之也,不抑耗其实而已,非有能蚤而蕃之也。他植者则不然,根拳而土易,其培之也,若不过焉则不及。苟有能反是者,则又爱之太恩,忧之太勤。旦视而暮抚,已去而复顾,甚者爪其肤以验其生枯，摇其本以观其疏密，而木之性日以离矣。虽曰爱之，其实害之；虽曰忧之，其实仇之。故不我若也，吾又何能为哉？"

问者曰："以子之道，移之官理，可乎？"驼曰："我知种树而已，官理非吾业也。然吾居乡，见长人者好烦其令，若甚怜焉，而卒以祸。旦暮吏来而呼曰：'官命促尔耕，勖尔植，督尔获，蚤缫而绪，蚤织而缕，字而幼孩，遂而鸡豚。'鸣鼓而聚之，击木而召之。吾小人辍飧饔以劳吏者，且不得暇，又何以蕃吾生而安吾性耶？故病且怠。若是，则与吾业者其亦有类乎？"

问者嘻曰："不亦善夫！吾问养树，得养人术。"传其事以为官戒也。

公元815年，初春三月，长安的桃花还未盛开，便有人要带着遗憾离开。

这一年，43岁的柳宗元被贬柳州刺史，从长安赴柳州，行了整整三个月，于六月才抵达。

未见长安花，却遇柳州雨。

柳州江边，他种下一棵柳树，并写下一首小诗："柳州柳刺史，种柳柳江边。谈笑为故事，推移成昔年。垂阴当覆地，耸干会参天。好作思人树，惭无惠化传。"

今时今日的笑谈，总会成为往后的故事，多年以后，可还有人会记得他的功德？只惭愧，功德太少，不足以流芳百世。

他抬起手，轻轻抚摸着那棵柳树，想起多年以前，自己写下的一篇文章《种树郭橐驼传》。

郭橐驼，不知他最初的名字是什么，他患了佝偻病，脊背弯曲，走路时总要弯着腰前行，就像骆驼一般。故而，乡里人都称呼他为"驼"。

橐驼听闻后，只说："甚好，这般称呼我确实恰当。"

于是，他舍弃了原来的名字，也自称起"橐驼"了。

他的故乡叫丰乐乡，在长安城的西边。他以种树为职，凡是长安城中把树作为观赏物或用其营利的富贵人家，都争着迎接和雇佣他。人们观察橐驼种的树，或是移植的树，没有一棵不存活的，且枝干茂盛，硕果累累。也曾有种树人暗中窥视效仿，却没有任何人能比得上他。

有人问其原因，他也毫不吝啬，如实告诉："我并非能使树木存活长久，也不能使它繁殖茂密，我不过是顺应了天地自然，让树木依靠它的天性充分生长。种植树木的方法，乃是树根要舒展，培土要平均，根土要用原来树苗的土，根周围的土要紧密。如此以后，便不可再动，亦不可再忧虑，离开后，就不要再管它。栽种时，像对待子女般呵护，栽种后，像丢弃般不顾，树木的天性得以保全，它便可以顺应自然规律而生长。故而，我只是不妨碍树木生长而已，并非有什么使它硕茂的方法。至于果实，我也只是不抑制它结果罢了，并无能力使其果实结得又早又多。"

以上，是他对于种树的理解。他不仅仅了解自己的树，还了解别人的树。"他植者则不然"，别人种树时，树根蜷曲，又换生土，培土时，不是过紧就是过松。这些人"爱之太恩，忧之太勤",他们过于关心树木,晨时去看,暮时又抚,离开了,又要回去看看。更有甚者,掐破树皮来观察它是生是枯,摇动树根来看培土是松是紧。这般折腾下来,树木的天性也一天天消失了。虽说是爱它,其实是害它;虽说是担忧它,其实是仇视它。

有人又说:"将你种树之道,用于做官治民,可行吗?"

橐驼答:"我只知晓种树而已,做官治民,并非吾业。不过,我住在乡下,常见官吏不断地发号施令,看似怜爱百姓,其实百姓反而因此遭祸。从早到晚,总有官吏前来并呼喊:'长官命令:催促尔等耕田,勉励尔等种植,督促尔等收获,早些煮茧抽丝,早些织布纺线,养育好孩童,喂养好禽畜。'或是鸣鼓聚集百姓,或是敲梆召唤百姓,我们听到了,便要停止吃饭,去慰劳那些官吏,不得空闲,怎能增加生产?如何生活安定?故而,百姓们贫困且疲惫。如此,这与我种树亦有相似之处吧?"

那人感叹道:"不也是很好吗!我问种树之法,得到了治民之术。"

这篇文章写于社会矛盾日渐严重的中唐,当时政令繁出,不合时宜的制度、法规不仅没有化解矛盾,反而使得民不聊生。

柳宗元曾任监察御史里行,可往各地巡查,所见所闻,皆是官吏扰民、政令伤民。这也是他毅然维护"永贞革新"的原因。

可惜,新政还是失败了。从轰轰烈烈的开始,到沮丧离京的结束,像是一场破碎的梦。他先是被贬为邵州刺史,赴任途中,又被加贬为永州司马。永州十年,彻底磨平了一个年轻人的棱角,他开始游历山水,开始填词作赋,却无一个字不忧愁。

后来,一纸诏书,令他返京。他回到了久违的长安城,可那里却不似记忆中的长安城。依旧无人重用,依旧遭人仇视。

他又被贬为柳州刺史。在那里,他写下了《柳州二月榕叶落尽偶题》:

宦情羁思共凄凄,春半如秋意转迷。
山城过雨百花尽,榕叶满庭莺乱啼。

柳州,太过于陌生。
明明二月,却似寒秋。天寒,心寒,无处不凄凉。
山城的风雨过后,百花凋零。
即便如此,他还是在暖风吹过山城的时候,带着百姓们一同种下柳树。
那是春的光明,那是生的希望。
四年后,柳宗元于柳州病逝,他与"柳"字的缘也走到了尽头。
此后,阳春时节,柳州江畔,杨柳依依。

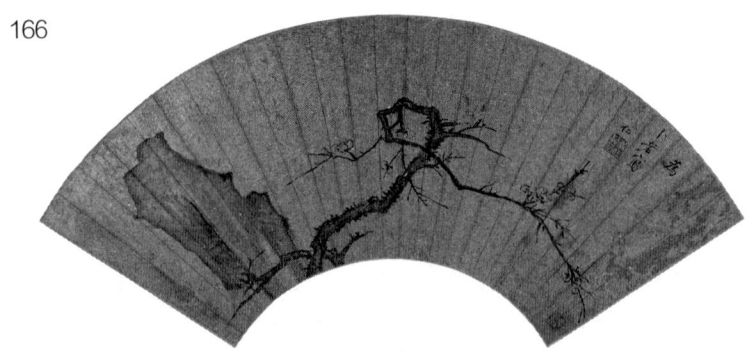

宫阙万间都做了土

——唐·杜牧《阿房宫赋》

六王毕，四海一，蜀山兀，阿房出。覆压三百余里，隔离天日。骊山北构而西折，直走咸阳。二川溶溶，流入宫墙。五步一楼，十步一阁，廊腰缦回，檐牙高啄，各抱地势，钩心斗角。盘盘焉，囷囷焉，蜂房水涡，矗不知其几千万落。长桥卧波，未云何龙？复道行空，不霁何虹？高低冥迷，不知西东。歌台暖响，春光融融；舞殿冷袖，风雨凄凄。一日之内，一宫之间，而气候不齐。

妃嫔媵嫱，王子皇孙，辞楼下殿，辇来于秦。朝歌夜弦，为秦宫人。明星荧荧，开妆镜也；绿云扰扰，梳晓鬟也；渭流涨腻，弃脂水也；烟斜雾横，焚椒兰也。雷霆乍惊，宫车过也；辘辘远听，杳不知其所之也。一肌一容，尽态极妍，缦立远视，而望幸焉。有不见者，三十六年。燕、赵之收藏，韩、魏之经营，齐、楚之精英，几世几年，剽掠其人，倚叠如山。

一旦不能有，输来其间。鼎铛玉石，金块珠砾，弃掷逦迤，秦人视之，亦不甚惜。

嗟乎！一人之心，千万人之心也。秦爱纷奢，人亦念其家。奈何取之尽锱铢，用之如泥沙？使负栋之柱，多于南亩之农夫；架梁之椽，多于机上之工女；钉头磷磷，多于在庾之粟粒；瓦缝参差，多于周身之帛缕；直栏横槛，多于九土之城郭；管弦呕哑，多于市人之言语。使天下之人，不敢言而敢怒。独夫之心，日益骄固。戍卒叫，函谷举，楚人一炬，可怜焦土！

呜呼！灭六国者，六国也，非秦也；族秦者，秦也，非天下也。嗟乎！使六国各爱其人，则足以拒秦；使秦复爱六国之人，则递三世可至万世而为君，谁得而族灭也？秦人不暇自哀，而后人哀之；后人哀之而不鉴之，亦使后人而复哀后人也。

大唐宝历元年（825）冬月，皇帝李湛一时兴起，想去骊山游行。

臣子入殿谏言："自周幽王以来，凡游骊山之君主皆未有善终。秦始皇葬于骊山，秦二世而亡。玄宗于骊山修建行宫，后安禄山作乱。先帝曾去骊山，享年不长，归来便驾崩了。"

言下之意，骊山乃是不祥之地。

然而，天子听了此话，非但没有畏惧，反而兴致更浓。

"帝王"这两个字太过沉重，他也不过是一个16岁的少年，贪玩、任性、享乐。

自登基以来，新皇游乐无度，荒废政务，大兴土木，臣子殿前劝谏，头叩龙墀，血流不止，未得皇帝半分悔过。

宴乐、畋游、马球，所有人都道：这是错。

只是，帝王怎会承认自己的错！更何况，李湛并未觉得自己有何过错。毕竟，他的父皇便是如此贪欢，如今，他为王，有何不可？

宫墙之外，怨声载道，民不聊生。这时的大唐如行走在悬崖边缘，前方是万丈深渊，脚下荒草凄然，行差一步，便是劫难。

这一年，杜牧听闻天子大起宫室，从春至冬，未有停息，故作《阿房宫赋》。

六国灭亡，四海统一。嬴政建立了一个新的王朝，踩着万人枯骨，于废墟之上建立了大秦帝国。

蜀地的山已无草木，光秃秃一片，皇帝命人于此处大兴宫殿。不知建造了多少时日，耗费了多少人力，宫殿终于建成，那便是举世瞩目的阿房宫。

宫殿从渭南到咸阳，覆盖三百余里，楼宇高耸，遮天蔽日，何等巍峨。自骊山北建起，折而向西，一直通往咸阳城，渭水、樊川缓缓流入宫墙。五步一楼，十步一阁，回廊曲折，檐牙高啄，各随地形，精巧工致。盘旋的，曲折的，像蜂房，像水涡。宫殿矗立于此，不知有几千万座。

那长桥卧于水上，有人见了，不禁诧异："天上无云，何来龙？"

那楼阁之间的通道横空而过，有人见了，不禁惊讶："并非雨后，何来彩虹？"

宫人置身于此，早已辨不清东西方向，迷失在奢华与腐朽之中。宫殿内，高台轻歌，如春光融融。舞姬缓缓甩起衣袖，带来了一丝凉气，如风雨般凄凉。一日之内，一宫之中，有暖有冷，气候却不相同。

曾经六国的王孙贵族、嫔妃媵嫱，皆辞别故国的宫殿，乘辇车来到秦国，朝时高歌，夜时奏乐，成为秦国的宫人。他们享受着奢靡的生活，早已遗忘了亡国之恨。阿房宫，是世间最温柔的牢笼，以繁华乱了人心，以欲望囚着梦想。

"明星荧荧，开妆镜也；绿云扰扰，梳晓鬟也；渭流涨腻，弃脂水也；烟斜雾横，焚椒兰也。雷霆乍惊，宫车过也。"若有星辰闪烁，那必定是宫妃的妆镜；若有青云纷扰，那必定是宫妃的发髻；若渭水之上浮着一层油腻，那必定是宫妃泼掉的胭脂水；若望见烟霭横绕，那必定是宫妃焚香；若听见雷霆震响，那必定是宫车驶过。宫中女子的一肌一容，皆是美艳娇媚，她们久久站立在宫巷，目光望着远方，期盼皇帝的临幸。有未曾见到帝王的女子，整整等了三十六年，青丝成华发，耗尽了青春芳华。即便如此，依旧有人愿意飞蛾扑火，不问生死。

这里有六国的珍宝，曾是各国诸侯世世代代掠夺而来的，堆叠如山。而今，国破家亡，成王败寇，他们无法继续占有，尽数运送至阿房宫。送来的何止是珍宝，还有战败者的无奈。秦人又是如何对待珍宝的？宝鼎作铁锅，美玉作顽石，金玉作土块,珍珠作沙砾,将珍宝随意丢弃,秦人见之,并不觉得可惜。

一人之心,千万人之心也。这是秦皇的天下,为了秦皇一人的喜好,千万百姓都要付出心血。人心皆同,帝王喜好奢华,百姓又何尝不喜!他们也有自己的家园,奈何被人搜刮成空,掠夺者又丝毫不珍惜,用之如泥沙。

负载大梁之柱,多于田间的农夫;架起侧梁之椽,多于织布机旁的女工;光彩鲜明之钉,多于谷仓里的粟粒;参差交错之瓦,多于衣衫上的丝线;纵横之栏,多于天下的城郭;呕哑

之乐,多于市井的人声。天下之人,敢怒而不敢言。

秦二世元年(前209)秋,陈胜、吴广于蕲县大泽乡起义,而后,四方响应,一举攻破函谷关,西楚霸王项羽下令焚毁阿房宫,一场大火,繁华化为焦土。废墟之下,掩埋了多少纸醉金迷的旧梦。相传,那火燃了整整三月,火光冲天,秦皇的功过也随着那场大火而去……

王朝正走向灭亡,那广厦万千,那盛世霓裳,终将不复存在,只化为史书的三两页。

兴,百姓苦;亡,百姓苦。

一个王朝的灭亡,是君主之错?还是天下人之错?杜牧只道:"灭六国者,六国也,非秦也;族秦者,秦也,非天下也。"

灭六国者乃是六国,而非秦国,灭秦国者乃是秦国,而非天下人。一个王朝毫无仁爱之心,终究要走向灭亡。王朝兴亡,百姓皆苦,若君王无法怜悯天下百姓,那天下百姓又如何维护自己的国家?从来没有什么乱臣贼子,有的只是日积月累的怨恨。六国灭,秦宫毁,黍离之悲何人懂?

若六国之君爱其民,则足以对抗秦国。若秦国之君爱六国之人,则能传三世,甚至千秋万世。那时候,何人能灭秦?

秦人终是来不及为自己的灭亡而悲哀,而后世却为他们哀叹。只是,后世之人若只哀叹而不引以为鉴,便又要再让后世之人为他们哀叹。

那年,杜牧写下《阿房宫赋》而哀秦,又有几人以史为镜,阻止大唐走向覆灭的脚步。

"楚人一炬，可怜焦土"，且看如今的唐宫，如此瑰丽，如此巍峨，却不知何年何月，也将化作尘埃。唐宫之中，小皇帝李湛依旧沉浸于声色犬马。也许，他从未读过那篇《阿房宫赋》，又或是读过只字片语，却并未理解那篇文章承载的悲痛。

宝历二年十二月初八，即827年1月9日，皇帝李湛出去玩乐，回宫以后，又与宦官打球，与将军饮酒。小皇帝以为这是寻常的一日，酒酣之时，便入室更衣。谁知，殿内烛火忽然熄灭，黑暗中，有几人闯入大殿，将这位年仅17岁的皇帝谋害。

临死前，清冷的月光照进大殿，李湛也看清了那些人的相貌。他们啊，皆是昔日同自己打球、饮酒、游宴的宦官、臣子。

然而，无论他如何挣扎、哀求，那些人始终无动于衷，残忍且冷漠地夺走了他的生命。堂堂一国之君，就这样悄无声息地死去，死在一个满是背叛的冬夜，直到生命的最后一刻，也不知自己究竟错在了哪里。

冬风袭来，他只瞧见了月华如霜，像极了舞姬的霓裳……

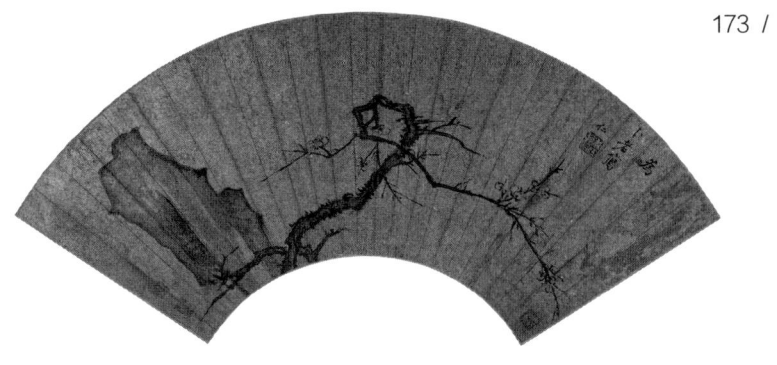

不以物喜，不以己悲

——北宋·范仲淹《岳阳楼记》

庆历四年春，滕子京谪守巴陵郡。越明年，政通人和，百废具兴，乃重修岳阳楼，增其旧制，刻唐贤、今人诗赋于其上，属予作文以记之。

予观夫巴陵胜状，在洞庭一湖。衔远山，吞长江，浩浩汤汤，横无际涯，朝晖夕阴，气象万千，此则岳阳楼之大观也，前人之述备矣。然则北通巫峡，南极潇湘，迁客骚人，多会于此，览物之情，得无异乎？

若夫淫雨霏霏，连月不开，阴风怒号，浊浪排空，日星隐曜，山岳潜形，商旅不行，樯倾楫摧，薄暮冥冥，虎啸猿啼。登斯楼也，则有去国怀乡，忧谗畏讥，满目萧然，感极而悲者矣。

至若春和景明，波澜不惊，上下天光，一碧万顷，沙鸥翔集，锦鳞游泳，岸芷汀兰，郁郁青青。而或长烟一空，皓月千里，浮光跃金，静影沉璧，渔歌互答，此乐何极！登斯楼也，则有心旷神怡，宠辱偕忘，把酒临风，其喜洋洋者矣。

嗟夫！予尝求古仁人之心，或异二者之为。何哉？不以物喜，不以己悲，居庙堂之高则忧其民，处江湖之远则忧其君。是进亦忧，退亦忧。然则何时而乐耶？其必曰"先天下之忧而忧，后天下之乐而乐"欤！噫！微斯人，吾谁与归？时六年九月十五日。

庆历六年（1046），九月十五日。

邓州，百花洲，晚风吹过梧桐林，惊得燕雀悲鸣，添了几分秋的哀伤。此处隐立着一座书院，清幽寂静，流水潺潺，门楣的匾额上刻着四个字：花洲书院。

这里没有汴京的繁华，只有文人的执着与浪漫。

此刻，范仲淹正缓缓打开一封信笺，是从岳州送来的，随信寄来的还有一幅《洞庭晚秋图》。

他自是猜到了寄信之人——滕子京。

那个滕子京啊！每每想到他，范仲淹总会无奈地叹息。

他们是同科进士，交好多年，同进同退。当年，西夏大军侵宋，滕子京临危不乱，誓死守卫泾州。庆历三年（1043），有人告发滕子京在泾州贪污钱财，滥用公使钱十六万贯。其实，那些钱财皆是用于军需、抚恤金，并未私用。朝廷派遣官员调查此事，滕子京一时愚钝，竟将账本和抚恤名册一把火全部烧光，反而坐实了贪污的罪名。范仲淹、欧阳修等人一同为其求情，才保住了他的性命，仅是官降一级，贬为凤翔府知府,后又贬为虢州知州。次年,御史中丞王拱辰上奏弹劾滕子京,他又被贬至岳州。

庆历四年(1044)春,滕子京出任岳州知州,不谋私利,勤政为民,造福一方百姓。次年,政通人和,百废俱兴,便开始重建岳阳楼。他们常有书信往来,对于范仲淹来说,他是真诚且务实之人。

今日,他寄来一封信,一幅画,又是为了何事?

范仲淹打开画卷,眸中满是喜悦,这幅《洞庭晚秋图》描绘的正是八百里洞庭的盛貌!山水非有楼观登览者不为显,楼观非有文字称记者不为久。

滕子京欲将唐代圣贤和今人的诗赋刻于岳阳楼之上,故请范仲淹作记。

观此画,虽未亲临其境,心已沉入其境。洞庭山水,秋风飒飒,这是滕子京治理的岳州。范仲淹提笔写下千古名篇《岳阳楼记》。

观巴陵盛景,全于洞庭湖之上。

那洞庭湖连接远山,吞吐长江,浩浩荡荡,无边无际,朝晖夕阴,气象千变万化。此为岳阳楼之景。北面通巫峡,南面直到潇湘,贬谪的官吏,来往的诗人,大多会聚于此,这些人观景之情应会有所不同吧!

"前人之述备矣。"岳阳楼,始建于东汉,屡加重修,历代文人都曾作诗记之,例如唐代诗人杜甫、李白、孟浩然。

他们于不同的时间登上岳阳楼,望洞庭湖水,观孤舟远影,各有感悟,各有期望,登楼之感,或喜,或悲。

那么,范仲淹凝视那幅画时,心中又在想什么?

"若夫淫雨霏霏",先是阴雨绵绵之时,连月不开,寒风怒号,浊浪排空,日与星都隐藏起了光辉,山岳也隐没了形体。商人旅客无法通行,船桅倒下,船桨折断。傍晚,天色昏暗,虎啸猿啼。

此时登上岳阳楼,便会生出一种远离国都、怀念故乡之情,忧心谗言,畏惧指责,满目萧然之象。此为悲伤者之心境。

"至若春和景明",这是春风和煦之时,湖水波澜不惊,天色与湖光相接,一片碧绿,广阔无际。春时的洞庭湖满是生机,空中有沙鸥,水中有锦麟,岸上有花草。当烟雾散去,皓月一泻千里,浮光跃金,那月影宛如沉入水中的玉璧。远处传来渔夫的歌声,这边一声唱,那边一声和,别有一番乐趣!

此时登上岳阳楼,则是心旷神怡,曾经的宠辱瞬间忘却,只想端着酒杯,临风而立,享受着这份喜悦。

前人有多少感慨,后人便有多少叹息。古来观景,若非触景生情,便是寓情于景。人间的悲喜总离不开情,哪怕行过再多的路,经历再多的事,遇见再多的人,也难心静如水。这是人的独特之处,生而感性。

文中提到了两种登楼者,"感极而悲者"和"其喜洋洋者",一悲、一喜。范仲淹也曾探求古时仁者之心,或许不同于以上两种人的心情。那么,除了悲喜,还有什么?

他的答案是:不以物喜,不以己悲。

不因外物的好坏和自己的得失而感到喜悦和悲伤。无论是淫雨霏霏,还是春和景明,仁者之心始终如一。原来,除了悲喜,还有豁达。这种豁达不是逃避,而是放下。将往事的悲喜抛却,只留下从容,坦然面对前方的道路。不因世俗而哀伤,不因逆境而怨艾,历遍风雨,无所谓悲与喜,皆是人生。

而身为朝臣,居朝堂之上应忧心百姓,处江湖之远应忧心君主。进亦忧,退亦忧,那么,他们何时才会感到真正的快乐呢?

其必曰:"先天下之忧而忧,后天下之乐而乐。"

在天下人忧之前先忧,在天下人乐之后才乐。

庆历新政失败后,范仲淹黯然离京,出任邓州知州。为振兴学风,重修览秀亭,构筑春风阁,营造百花洲,并设立花洲书院。他为大宋的读书人建造了一方净土,隔绝了尘世的喧嚣。闲暇时,他也会来此讲学。学子们或是谈史论今,或是吟诗作对。一时之间,往来有鸿儒,治学皆名士。

虽远在邓州,却忧国忧民。"先天下之忧而忧,后天下之乐而乐",这样的人又在何处?若没有这种人,他又该和谁同道呢?

幸而,滕子京与他是同道之人。

范仲淹写下《岳阳楼记》不久,滕子京便因治巴陵有功,调任苏州知州。乌云散尽,便遇晴天。心怀天下之人,无论走到哪里,都会散发光芒。

仕途漫漫,也曾顺遂,也曾坎坷,酒入愁肠后,依旧敢叹一句:不以物喜,不以己悲。

我们如此赤诚,是为了看见美好的明天。

若明天是黑暗,那便将它照亮。

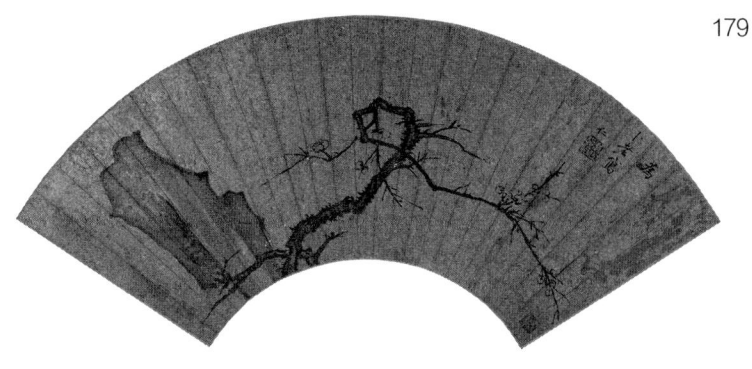

自古逢秋悲寂寥

——北宋·欧阳修《秋声赋》

欧阳子方夜读书,闻有声自西南来者,悚然而听之,曰:"异哉!"初淅沥以萧飒,忽奔腾而砰湃,如波涛夜惊,风雨骤至。其触于物也,鏦鏦铮铮,金铁皆鸣;又如赴敌之兵,衔枚疾走,不闻号令,但闻人马之行声。予谓童子:"此何声也?汝出视之。"童子曰:"星月皎洁,明河在天,四无人声,声在树间。"

予曰:"噫嘻,悲哉!此秋声也,胡为乎来哉?盖夫秋之为状也:其色惨淡,烟霏云敛;其容清明,天高日晶;其气栗冽,砭人肌骨;其意萧条,山川寂寥。故其为声也,凄凄切切,呼号愤发。丰草绿缛而争茂,佳木葱茏而可悦;草拂之而色变,木遭之而叶脱。其所以摧败零落者,乃其一气之余烈。夫秋,刑官也,于时为阴;又兵象也,于行为金。是谓天地之义气,常以肃杀而为心。天之于物,春生秋实。故其在乐也,商声主西方之音，夷则为七月之律。商，伤也，物既老而悲伤；夷，戮也，物过盛而当杀。

"嗟乎！草木无情，有时飘零。人为动物，惟物之灵。百忧感其心，万事劳其形。有动于中，必摇其精，而况思其力之所不及，忧其智之所不能。宜其渥然丹者为槁木，黟然黑者为星星。奈何以非金石之质，欲与草木而争荣？念谁为之戕贼，亦何恨乎秋声！"

童子莫对，垂头而睡。但闻四壁虫声唧唧，如助予之叹息。

你可曾听过秋的声音？

是凄凉彻骨的雨，是穿山而过的风，是零落成泥的花，是衰败枯黄的草。秋风起，谁将旧事回忆？谁对草木叹息？今夕何夕？今夕是秋夕。

秋，是刻入诗人骨血中的愁。

大宋嘉祐四年（1059），欧阳修时年53岁，宦海沉浮数十载，虽已身居高位，却依旧郁结难舒。官场之人，即便淡泊名利，也会卷入政治旋涡，或是挣扎，或是前行，焉能全身而退？为官，从不是一件轻松的事。

夜，如此寂静，月华如水，染白了谁的长发？古朴的书房中亮着一盏烛光，欧阳先生静坐在那里，轻翻着手中书卷，一行行诗句，不敢思量。

忽然，听见西南方传来声音，心中不禁悚然，细细听之，诧异地道："奇怪啊！"

这声音似曾相识，一时间又想不起何时听过。初时，像淅淅沥沥的细雨，夹杂着风雨吹打草木的萧飒之声，忽而又变得澎湃，如波涛在黑夜中汹涌，一场风雨骤然而至。触碰物体时，发出铿锵之声，好似金属相击，又似衔枚奔赴战场杀敌的军队，不闻号令，但闻人马行进之声。

欧阳修对童子说："此为何声？你且出去看看。"

童子回答："明月皎洁，星辰灿烂，银河高悬于天，四下无人声，声音应是从林间传来的。"

窗外，明月依旧，万物沉寂，何来声音？

欧阳修沉思片刻，长叹道："可悲啊！这就是秋声啊！它为何突然而来？"

秋，到底是何种样子？欧阳修这般写道："其色惨淡，烟霏云敛；其容清明，天高日晶；其气栗冽，砭人肌骨；其意萧条，山川寂寥。"

秋的颜色是凄惨暗淡的，烟浓云密。秋的容貌是爽朗清新的，天高日耀。秋的天气是凛冽的，刺人肌骨。秋的意境是萧条的，山川寂静。

故而，秋之声，时而凄切，时而呼啸。遥想昔日，绿草浓密而争相茂盛，树木青翠而令人愉悦，然而，一旦秋风乍起，拂过草地，草便要变色，穿过树林，树木便要落叶。秋之所以能折断枝叶，凋零花草，全因它那种秋气的余威。

秋本是刑官执法的季节，于四时之上属阴。秋又是兵器和用兵的象征，古时以五色、五行配四时，秋为金。这便是天地之间的严寒之气，常以肃杀为心性。天地万物，春日生长，秋日结实，古时以五音配四时，商为秋，因以秋指商声。商声为西方之声，夷则是七月之律。商，"伤"之意，万物走向衰老，便会悲伤。夷，"杀戮"之意，万物过了繁盛之时，便会衰亡，此乃自然之规律。秋本就是无情的季节，让你收获累累硕果，又让你感受草木凋零。给你希望，又令你绝望，你以为暖阳就在前方，殊不知，前方是漫长的寒冬……

每逢秋时，文人总有写不尽的诗文，他们习惯将惆怅、遗憾、怨恨皆归咎于秋日。四时风景，唯秋难度，那忽而变冷的风，那衰败飘零的叶，那孤单落寞的人，许多许多的故事发生于这个季节，亦结束于这个季节。

人类对秋的情感是复杂的，明明那么怨恨，却又那么留恋。只是，秋又做错了什么呢？一切的喜怒哀乐本是由心而生。

草木本是无情，尚有凋零之时，人为动物，万物之中最有灵性，无尽的忧愁萦绕在心头，无数的俗事劳累着躯体。但凡有外物触动其心，便一定会令他动摇。生于红尘，几人能超脱？享受生命的同时，又要承受人世的无奈，这是生而为人必须经历的过程。

数年前，因"庆历新政"失败，范仲淹、韩琦、富弼等人相继被贬，欧阳修上书分辩，被贬滁州。那年秋，他写下《秋怀》：

> 节物岂不好？秋怀何黯然！
> 西风酒旗市，细雨菊花天。
> 感事悲双鬓，包羞食万钱。

> 鹿车何日驾？归去颍东田。

这首诗的最后一句"鹿车何日驾？归去颍东田"已透露出诗人的归隐之心。国事家事，已让他心力交瘁，瞧着日渐灰白的双鬓，便觉黯然神伤。若是可以，他只愿挽着鹿车，回到颍东，过着种田采桑的日子。

这是他的理想，是历经官场的风风雨雨后，在绝望与清醒的废墟之上建立的理想。然而，理想终是理想，他所肩负的责任，又恰恰不允许他拥有这样的理想。

家事、国事、天下事，岂能置之不顾？宋仁宗天圣八年（1030），欧阳修以进士及第。而后几经坎坷，改革弊政，受挫被贬，遭人诬陷。二十多年的仕途生涯浮浮沉沉，虽满是荆棘，却从未后退半步。

如今，他老了，恰如秋日的草木，不知何时，便会被吹落。

他知自己"思其力之所不及，忧其智之所不能"，时常思索力所不及之事，忧心智所不能之事。明明能力有限，却要去关心能力之外的是是非非，这才是痛苦的根源。他已垂垂老矣，若遇难事，时感心有余而力不足，便是有报效国家之心，也无年少时的意志。

时光何其残忍，它会令容颜变苍老，青丝成白发，自然之规律便是如此。可是，为何偏偏还有人要以血肉之躯，如草木一般去争荣盛？人应当冷静下来，细细考虑是何人带给自己伤害的，又何必去怨恨秋声呢？

怨什么秋，恨什么月，不过是为自己苍白的人生寻一个愤懑的理由。

月光似比从前冷清了几分，这一夜，还有几人未眠？先生独自一人叹息着，叹息着秋夜，叹息着自己。

童子低着头，静静睡去，他并不懂先生的悲哀。四壁虫声唧唧，像是在附和失意人的叹息。

"念谁为之戕贼，亦何恨乎秋声！"伤人至深之物，恰恰是人事，若要超然物外，必须远离红尘。人生本就充满矛盾，儒家之入世，道家之出世，世间安得双全法，总要有舍弃，方能有所得。怎奈局中人最是纠结，徘徊于人事与超脱之间，不知该如何选择。

《乐府纪闻》云："欧阳永叔中岁居颍日，自以集古一千卷，藏书一万卷，琴一张，棋一局，酒一壶，一老翁于五物间，称六一居士。"

十年后，他终于实现了曾经的理想，一千卷集古，一万卷藏书，一张琴，一局棋，一壶酒，一个人，六个"一"，从此，他不再是欧阳修，而是"六一居士"。只是红尘之外的一位居士，心如静水，万变不惊。

终有一日，秋风过境，只为秋悲。

如此纯粹，如此潇洒。

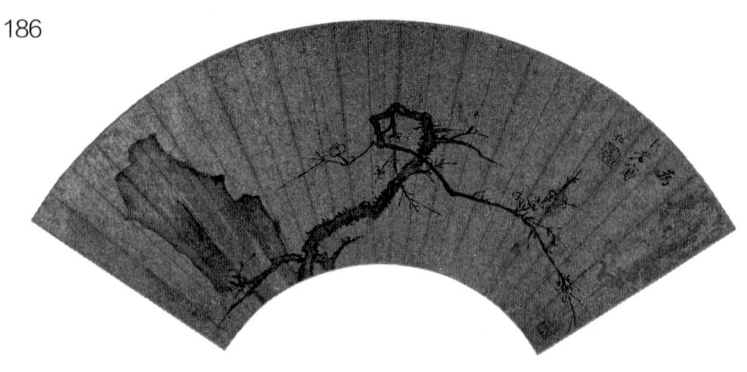

醉翁之意不在酒

——北宋·欧阳修《醉翁亭记》

环滁皆山也。其西南诸峰,林壑尤美。望之蔚然而深秀者,琅琊也。山行六七里,渐闻水声潺潺,而泻出于两峰之间者,酿泉也。峰回路转,有亭翼然临于泉上者,醉翁亭也。作亭者谁?山之僧智仙也。名之者谁?太守自谓也。太守与客来饮于此,饮少辄醉,而年又最高,故自号曰醉翁也。醉翁之意不在酒,在乎山水之间也。山水之乐,得之心而寓之酒也。

若夫日出而林霏开,云归而岩穴暝,晦明变化者,山间之朝暮也。野芳发而幽香,佳木秀而繁阴,风霜高洁,水落而石出者,山间之四时也。朝而往,暮而归,四时之景不同,而乐亦无穷也。

至于负者歌于途,行者休于树,前者呼,后者应,伛偻提携,往来而不绝者,滁人游也。临溪而渔,溪深而鱼肥;酿泉为酒,泉香而酒洌;山肴野蔌,杂然而前陈者,太守宴也。宴酣之乐，非丝非竹。射者中，弈者胜，觥筹交错，起坐而喧哗者，众宾欢也。苍颜白发，颓然乎其间者，太守醉也。

已而夕阳在山，人影散乱，太守归而宾客从也。树林阴翳，鸣声上下，游人去而禽鸟乐也。然而禽鸟知山林之乐，而不知人之乐；人知从太守游而乐，而不知太守之乐其乐也。醉能同其乐，醒能述以文者，太守也。太守谓谁？庐陵欧阳修也。

汴京的繁华，留不住失意的人。

马车缓缓行过喧嚷的街巷，贩夫的叫卖声，文人的谈笑声，孩童的嬉笑声，也许，这才是汴梁本来的声音。

欧阳修已许久未曾听到这种声音了，自从入了谏院，朝堂之上唇枪舌剑，朝堂之下明争暗斗，明明同朝为官，却是水火不容。

他的思绪又回到了庆历三年（1043），正是内忧外患之时，范仲淹向官家呈上《答手诏条陈十事》疏，提出"明黜陟、抑侥幸、精贡举、择官长、均公田、厚农桑、修武备、减徭役、覃恩信、重命令"等十项改革主张，官家采纳其言，推行新政。

那一年，欧阳修37岁，他满怀壮志，想在有生之年实现心中所愿。他成为革新派的一员，积极参与革新，深思熟虑后，提出了改革吏治、军事、贡举等想法。

新政实施，总有诽谤之声，官家也起了疑心，范仲淹提出"小人之党、君子之党"予以反击，欧阳修作《朋党论》，其中言:"大凡君子与君子以同道为朋,小人与小人以同利为朋,此自然之理也。"

然而,终是难堵悠悠之口,难敌污蔑陷害。在守旧派的反对声中,新政无法继续推行。庆历五年(1045)正月,范仲淹被罢去参知政事,富弼亦被罢去枢密副使。而后,变法改革之人皆被罢免,新政彻底失败。

有些事情无关对错,无关黑白,却依旧要有人为此而付出代价。

欧阳修见范仲淹、韩琦、富弼等人被贬,便上书为他们分辩,被贬知滁州。

其实,当他写下奏疏时,已猜到了自己的结局。即便如此,他还是递上了这道奏疏。宁愿最后为新政固执一次,也不愿独自留在汴京。

若能一同离去,哪怕奔赴不同的方向,也是一桩幸事!至少,离开之时,他们依旧初心不改。

阳关古道,长亭骤雨,那马车离开了汴京,一路往南,到达滁州。

滁州,处于长江、淮河之间,这座偏僻的小城也曾经历过战乱,生灵涂炭,直到宋太祖平定天下,方才恢复平静。或许,这便是欧阳修心中的世外桃源,他曾在《丰乐亭记》中言:"今滁介江淮之间,舟车商贾、四方宾客之所不至,民生不见外事,而安于畎亩衣食,以乐生送死。"

百姓不知晓外界之事,自给自足,安居乐业,已有百年之久。欧阳修于滁州任职期间,为政宽简,无为而治,保留着这座城的质朴之美。

春有幽芳，夏有乔木，秋有落叶，冬有飞雪，四时之景，无一不是他所爱。纵情山水之间，忘却红尘苦楚，在这里，他不再是一方太守，而是平凡的游人，观青山，青山不老，饮清泉，泉水长流。

这篇《醉翁亭记》，便写于此时。

"环滁皆山也"，滁州四周青山环绕，与外界隔绝。那西南诸峰，山谷幽静，树林葱郁，甚是秀美。远远望去，草木茂盛，幽深秀丽之地正是琅琊山。沿着山路，行走六七里，渐渐听到水声潺潺，那流水从两座山峰之间倾泻而出，此为酿泉。

有座亭子似飞鸟展翅般临于泉上，那就是醉翁亭。建造亭子之人是山中修行的僧人智仙，为亭子命名之人是太守欧阳修。他以自己的别号"醉翁"命名，故为"醉翁亭"。

为何太守自谓"醉翁"？一则，饮少辄醉，二则，年事已高，便得了"醉翁"这个雅号。

醉翁言："醉翁之意不在酒，在乎山水之间也。"

醉翁，一个爱酒的老者，且拥有洒脱的灵魂。他的情趣不在于饮酒，而在于欣赏山水美景。这种情趣，领会于心中，寄托在酒上。

那么，山间美景又是如何？

日出时，山雾散去；云归时，山谷昏暗；朝则自暗而明，暮则自明而暗，晦明变化，这就是山间的朝暮。

野花盛开而散发幽香，佳木繁茂而绿荫葱郁，风霜高洁，水落石出，这就是山中的四季。朝而往，暮而归，四季之景各有不同，其中乐趣亦是无穷。

路上，有背着东西的人高歌，往来的行人于树下歇息，前面的呼喊，后面的人回应。老人弯着腰，大人领着孩童，这些来往不断的行人，便是滁州的游客。临溪垂钓，溪深而鱼肥美，酿泉造酒，泉香而酒清冽。

欧阳修时常在此设宴，席上没有山珍海味，也无丝竹管弦之声，山肴野菜，随意摆放，筹光交错，起坐喧哗。人们肆意地唱着，笑着，饮最烈的酒，说最朴实的话。

那一刻，欧阳修也醉了。他苍颜白发，静静地坐在人群中，醉眼蒙眬地望向远方，思念着故人，身在岳州的范仲淹，身在郓州的富弼，身在扬州的韩琦，还有，身在汴梁的官家……

这思念如此沉重，又勾起多少前尘往事的叹息。他饮下的是美酒，诉说的是落寞，幸而，山水治愈了他的哀愁，今夕已非昨日。

不久，夕阳西下，人影散乱，众人皆归。树林间，只剩下禽鸟的鸣叫声。

禽鸟知晓山林之乐，却不知人之乐，而人知跟随太守游玩之乐，却不知太守以游人之乐为乐。与民同乐，这是欧阳修追求的乐趣，当他们对酒当歌之时，当他们酒酣喧哗之时，才是他们最真实的样子。

这座城如此温暖，这里的人如此善良。

两年后，欧阳修改任扬州知州，离开时，他写下

《别滁》：

> 花光浓烂柳轻明，酌酒花前送我行。
> 我亦且如常日醉，莫教弦管作离声。

那年春时，繁花十里，杨柳飞絮，饯行之宴，他亦如往日般醉了。

终是不舍，不舍山间的清泉，不舍枝头的明月，不舍淳朴的百姓。初来之时，他茶饭无心，茫然若失，是这座城拯救了坠入深谷的他，让他一步步走出了阴霾，未来，无论何种困境，他总能孤身行过。

因为，他的心中曾有一缕清风吹过。

天涯海角，心安处便是吾乡。

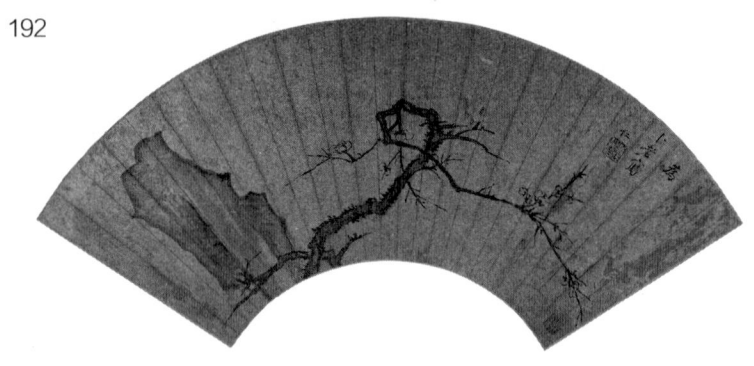

吹罗幕,往事思量着

——北宋·欧阳修《〈五代史·伶官传〉序》

呜呼!盛衰之理,虽曰天命,岂非人事哉!原庄宗之所以得天下,与其所以失之者,可以知之矣。

世言晋王之将终也,以三矢赐庄宗而告之曰:"梁,吾仇也,燕王,吾所立,契丹与吾约为兄弟,而皆背晋以归梁。此三者,吾遗恨也。与尔三矢,尔其无忘乃父之志!"庄宗受而藏之于庙。其后用兵,则遣从事以一少牢告庙,请其矢,盛以锦囊,负而前驱,及凯旋而纳之。

方其系燕父子以组,函梁君臣之首,入于太庙,还矢先王,而告以成功,其意气之盛,可谓壮哉!及仇雠已灭,天下已定,一夫夜呼,乱者四应,仓皇东出,未及见贼而士卒离散,君臣相顾,不知所归。至于誓天断发,泣下沾襟,何其衰也!岂得之难而失之易欤?抑本其成败之迹,而皆自于人欤?

《书》曰:"满招损,谦得益。"忧劳可以兴国,逸豫可以亡身，自然之理也。

故方其盛也，举天下之豪杰，莫能与之争；及其衰也，数十伶人困之，而身死国灭，为天下笑。夫祸患常积于忽微，而智勇多困于所溺，岂独伶人也哉？作《伶官传》。

五代史，五十三年之间，易五姓十三君，满纸尽是臣弑其君，子弑其父。

欧阳修曾感叹："五代之乱极矣！"

那是一个满是白骨的年代，战火弥漫着人间，是炼狱，是现实。君王无道，以百姓为刍狗。

薛居正编撰的《五代史》，有繁猥失实之处，欧阳修读后，决定私修史书，自撰《五代史记》，劝告世人以史鉴今，居安思危。

《〈伶官传〉序》是《伶官传》的序，《伶官传》中记载的伶官共有五人，其中败政乱国者三人，他们的所作所为，令一位战功赫赫的君主走向灭亡。

"盛衰之理，虽曰天命，岂非人事哉！"

一国兴衰，从来不由天命，而是取决于"人事"。

后唐庄宗李存勖，本姓朱邪，字亚子，沙陀族，后唐开国皇帝。得天下，又失天下，皆因人事而起。

这段历史，应从李存勖之父晋王李克用的故事讲起。李克用，原名朱邪赤心，统领沙陀部落，曾率军南下镇压黄巢，后又勤王护驾，因功被封为晋王。

李克用一生有三个仇人，朱温、刘仁恭、阿保机。

当年,他与朱温相约攻打黄巢。回兵时,朱温假意宴请李克用,于深夜纵火,企图杀害李克用。幸而天降大雨,将火扑灭。从此,双方结下了仇怨。后来,朱温夺取了帝位,建立后梁。

刘仁恭于兵败之时,投奔李克用,受其重用。李克用攻打罗弘信时,求刘仁恭出兵,刘仁恭不但不出兵,反而杀了李克用的亲信,投靠朱温。刘仁恭之子刘守光夺父位自立,称大燕皇帝。

契丹阿保机征讨四方,与李克用会盟。宴席之上,二人结为兄弟,甚至还互换了战马和衣衫,可阿保机却背弃约定,与梁国交好。

一次次的信任,换来了一次次的背叛。可叹他身染重病,有生之年竟无法手刃仇敌。

那年正月辛卯日,李克用的生命走到了尽头。临终时,他将三支箭赐给儿子李存勖,并道:"梁,吾仇也,燕王,吾所立,契丹与吾约为兄弟,而皆背晋以归梁。此三者,吾遗恨也。与尔三矢,尔其无忘乃父之志!"

背叛,是李克用此生的遗恨!今日,他三箭赐子,叮嘱儿子永远不要忘记他报仇的志向。

李存勖含泪接受父命,他将箭藏于祖庙,每逢出兵打仗,便派随从用猪羊去祭告祖先,再从宗庙中取出箭,装在锦囊之中,负箭前行,等到胜利归来,再把箭藏入祖庙。

李存勖踏上了复仇之路,十几年来,背负杀戮,出生入死。公元913年,他攻破幽州,派遣李存霸押送刘仁恭于代州，刺其心血，奠告于父，然后斩之。十年后，他攻打后梁，朱温之子朱友贞不愿落入仇人之手，命部将皇甫麟取其性命。李存勖攻入汴京，将其首级藏于太庙。至于契丹，他亲自指挥作战，数次大破敌军，并生擒了阿保机之子。

那日，李存勖拿着箭，缓缓走入祖庙，跪在父亲的灵位前，告诉他：大仇得报，志向已成。

太庙之上，告慰先祖，这是何等气势！何等威风！此时天下大局已定，诸国惊惧不已，纷纷入贡称藩，甘愿臣服。

只是，今朝风光能几时？

三年以后，便是"一夫夜呼，乱者四应"，转眼之间，众叛亲离。

魏州发生兵变，李存勖命李嗣源（李克用的养子）率军北上平叛。李嗣源至魏州后，军中大乱，逼迫李嗣源叛乱。无奈之下，李嗣源只能挥师南下。李存勖不得不御驾亲征，欲往汴州指挥平叛，谁知李嗣源早已占据汴州，他只能返还洛阳。

多年来，他征战四方，如今之局，他焉能不知吉凶？还军途中，未见贼人，士卒却已逃散过半，他望着剩下的诸将，感叹道："卿等事余以来，富贵急难，无不共之。今兹危蹙，赖尔筹谋，而竟默默无言，坐观成败……"

闻言，百余人皆誓天断发，泪湿衣襟，以示忠诚。

这一刻，君臣相顾，不知所归。

他们能去何处？又能活到几时？纵然侥幸躲过这场浩劫，又如何能熬过灰暗的岁月？

李存勖没有选择逃亡，直到最后一刻，他都守在宫城之中，等待着援兵。

那日，他命人候于宫门外，自己在内殿进食，伶官郭从谦突然叛乱，率军进攻宫城。

"何人叛乱？"

"从马直指挥使郭从谦。"

当听到"郭从谦"三个字时，他一定心如刀绞。此人本是伶人，后应募从军，杀敌有功，由军使擢升到指挥使。他给了伶人权势，伶人却想取他的性命。

伶人，古代的戏子，曾是卑微至极的人，只因皇帝喜爱音律，便青云直上，或任宫中执事，或任诸镇监军。他们拥有了权利，便越发放肆，鱼肉百姓，陷害忠良，收受贿赂……

一晌贪欢，晏安鸩毒，输了天下，也毁了自己。

乱兵纵火焚烧宫门，缘城而入，近臣多数奔走逃亡，仅剩十几人拼死护驾。

李存勖斩杀数十人，明知大势已去，却还是不肯屈服。英雄末路，哪怕死，也要死在自己的战场上。

混战中，李存勖被乱箭射中，身受重伤，亲信将他扶到绛霄殿廊下，他望着火光染红的苍穹，想起当年自创的一首词《忆仙姿》：

曾宴桃源深洞，一曲清歌舞凤。长记欲别时，和泪出门相送。如梦，如梦，残月落花烟重。

如梦人生，已是残月落花。

午时,帝崩,伶人善友将乐器覆盖在他的身上,焚尸而去。

《尚书》曰:"满招损,谦得益。"

忧劳可兴国,安乐可亡身,这才是自然之理。

兴盛之时,天下豪杰,莫敢相争,衰败之时,伶人困之,身死国灭。

纵然是智勇双全之人,也多困于某种欲望,难道仅是伶人之错?

历览前贤国与家,成由勤俭,破由奢靡,不沉溺,不消极,方能走得更远。

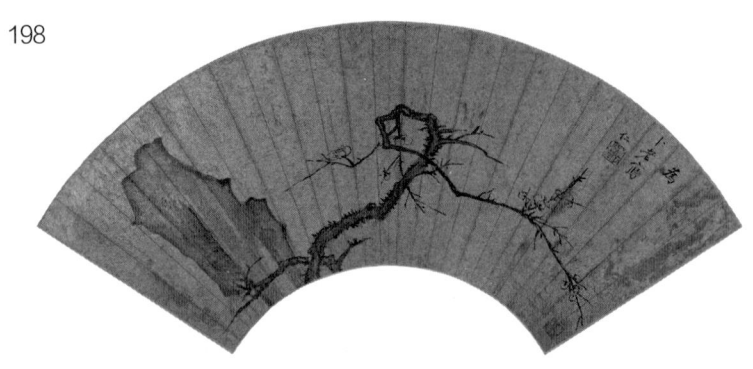

我亦无他,惟手熟尔

——北宋·欧阳修《卖油翁》

陈康肃公善射,当世无双,公亦以此自矜。尝射于家圃,有卖油翁释担而立,睨之久而不去。见其发矢十中八九,但微颔之。

康肃问曰:"汝亦知射乎?吾射不亦精乎?"翁曰:"无他,但手熟尔。"康肃忿然曰:"尔安敢轻吾射!"翁曰:"以我酌油知之。"乃取一葫芦置于地,以钱覆其口,徐以杓酌油沥之,自钱孔入,而钱不湿。因曰:"我亦无他,惟手熟尔。"康肃笑而遣之。

此与庄生所谓解牛、斫轮者何异?

这则故事出自欧阳修的《归田录》,因此书乃是欧阳修晚年辞官,闲居颍州所作,故为"归田"。

《归田录》的自序中说:"《归田录》者,朝廷之遗事,史官之所不记,与夫士大夫笑谈之余而可录者,录之以备闲居之览也。"

这本书中记载着史官所不能记的朝廷轶事,多为欧阳修耳闻目睹,书中有帝王将相,也有市井百姓,他们各自经历着人生的喜怒哀乐。

陈康肃公,即陈尧咨,字嘉谟。其父陈省华有三子,长子陈尧叟为端拱二年(989)状元,次子陈尧佐端拱元年(988)进士及第,三子陈尧咨为咸平三年(1000)状元。陈家是书香门第,阆州状元家。

陈尧咨工书法,善射箭,其射箭之术,当世无双。

一日,他于家中射箭,有卖油翁放下担子,站在原地看着他,许久都不离去。

卖油翁见他射十箭可中八九,仅是微微点了点头,并无赞许之色。

陈尧咨问他:"你也懂射箭?我的箭法不精湛吗?"

卖油翁道:"并无别的奥妙,不过是手熟罢了!"

陈尧咨听后,愤然道:"你怎敢轻视我的射术?"

卖油翁道:"凭我多年倒油的经验,便知晓这个道理。"

于是,卖油翁拿出一个葫芦放在地上,又将铜钱放在葫芦口,慢慢地用油勺舀油注入葫芦中,油从铜钱孔注入,而铜钱却没有湿。

卖油翁又道:"我也没什么奥妙,不过是手熟罢了。"

闻言,陈尧咨仅是淡淡一笑,将他送走了。

故事的最后,欧阳修加了一句令人深思的话:"此与庄生所谓解牛、斫轮者何异?"

这句话提到《庄子》中的两个典故:庖丁解牛、轮扁斫轮。

"庖丁解牛"出自《庄子·养生主》。庖丁给梁惠王宰牛,手接触的地方,肩膀倚靠的地方,脚踩的地方,膝盖顶的地方,哗哗作响,没有不合音律之处,既合乎《桑林》之曲,又合乎《经首》之乐。这是庖丁所悟的"道",用刀十九年,所解千头牛,掌握了牛的肌理,摸透了其中的规律,自然知道如何下刀。

"轮扁斫轮"出自《庄子·天道》。齐桓公于堂上读书,轮扁于堂下削木制车轮。轮扁问齐桓公:"读的什么书?"齐桓公答:"圣人之言。"轮扁又问:"圣人还在吗?"齐桓公说:"圣人已逝。"轮扁嘲讽道:"既如此,那你的书不过是糟粕罢了!"轮扁认为,削木制轮时,可寻到其中规律,若榫头宽缓,会松动不牢,若榫头太紧,则滞涩难入。他所知的技术是从实践中得来的,不可言传。同理,古人不能言传的学问,早已随着古人一同逝去,齐桓公所读之言不过是古人留下的糟粕,并非真正的精髓。

庖丁、轮扁、卖油翁认为熟能生巧,一切技术都能在生活中探寻。

可是,事实真是如此吗?

一句"惟手熟尔",将倒油与射箭画了等号,否定了天赋与志向,殊不知,倒油与射箭本就是天差地别之事。有些事情,日积月累的确能换来成果,却换不来成就。

陈尧咨听完卖油翁的话，为何发笑？是认同，还是无奈？

过了今日，卖油翁依旧是游走市井的卖油翁，陈尧咨却要凭着弓箭，建功立业，保家卫国。人与人终是不同的。起点不同，目标不同，付出不同，所得便会不同。

我们追寻圣贤之道，并非为了满足"小我"，而是为了成就"大我"。那些胸有鸿鹄之志的人，终将不负韶光，向阳而生。

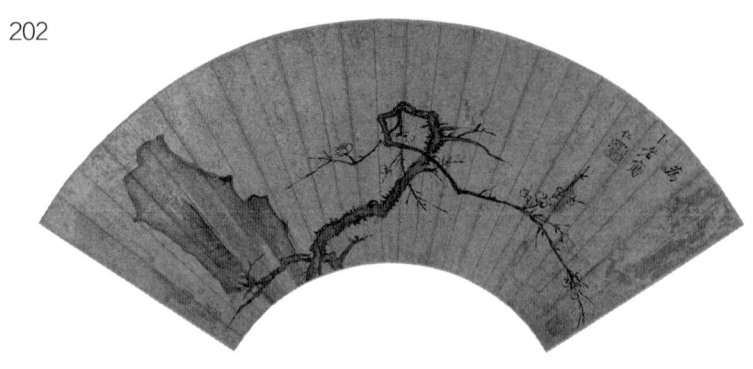

愿为红尘一株莲

——北宋·周敦颐《爱莲说》

水陆草木之花,可爱者甚蕃。晋陶渊明独爱菊。自李唐来,世人甚爱牡丹。予独爱莲之出淤泥而不染,濯清涟而不妖,中通外直,不蔓不枝,香远益清,亭亭净植,可远观而不可亵玩焉。

予谓菊,花之隐逸者也;牡丹,花之富贵者也;莲,花之君子者也。噫!菊之爱,陶后鲜有闻。莲之爱,同予者何人?牡丹之爱,宜乎众矣。

你可曾遇见花开?

花开几度,花似旧,人非昨。

那个羸弱的少年,在同龄人嬉笑玩闹之时,却选择了一条孤独的道路。他携着几本书,前往月岩,静心悟道,不问春去几多时。

这位少年，便是周敦颐。

14岁那年，周敦颐的父亲过世，他跟随母亲千里迢迢投奔舅舅。舅舅郑向是龙图阁学士，对周敦颐甚是喜爱，知他爱莲，便在自家宅院前西湖凤凰山下构亭植莲。那一池白莲默默陪伴着这个少年参经悟道。

人间的苦难，参透了几分？也许，岁月会给他答案。只有穿过人世间的风雪，尝尽辛酸苦乐，方能领悟一二。

后来，他经历了春风得意，也经历了生离死别。

因朝廷恩荫，准许郑向的一名子弟出来做官，周敦颐就此当上了朝廷将作监的主簿，同一年，他迎娶了兵部职方郎中陆参之女陆氏为妻。正是欢喜之时，怎奈人生无常，母亲、舅舅相继过世，他只剩枕边人相伴。不幸的是，这位结发妻子也于数年后病故。

他仕途平坦，兴教办学，成为人人敬仰的周先生。一片繁华声中，他却依旧是孤独的人，那年，先生47岁，作《爱莲说》。

那一池莲花，不染纤尘，像极了少年时亲手所植，可是，他知道，那不是少年时的莲花，他也不再是少年。

他说，水陆草木之花，可爱者甚蕃。

水上之花，陆地之花，各种草木，值得喜爱者甚多。各花入各眼，只是惜花者喜好不同罢了。

晋代的陶渊明只爱菊花，有诗云："芳菊开林耀，青松冠岩列。怀此贞秀姿，卓为霜下杰。"秋风萧瑟，唯有菊花孤傲高洁，宁可枝头抱香死，何曾吹落北风中？菊花，既无百媚，又不随俗，是花中的隐士。

李氏唐朝以来，世人皆爱牡丹，上至王孙贵族，下至黎民百姓，无人不爱它的"国色天香"。李肇《唐国史补》载："京城贵游尚牡丹，三十余年矣。每春暮，车马若狂，以不耽玩为耻。"文人或是为其作画，或是为其咏诗，牡丹已成为盛世的点缀。牡丹，花中的富贵者。

如果菊花是"出世"之花，那么牡丹便是"入世"之花，一个超脱红尘之外，一个深陷繁华之中。两者固然美好，却非周敦颐所爱。

先生独爱莲，爱它"出淤泥而不染，濯清涟而不妖"，从淤泥中生长，却不染污浊，经清水的洗涤，却不显妖艳。

莲，茎内空而外挺立，不生蔓不长枝，花香远播，愈加清雅，笔直洁净地立于水中，只可远远观赏，而不可靠近赏玩。故而，称为花中君子。既是君子，必然德行高尚，无论是在高山之巅，还是在深渊谷底，始终洁身自好。

爱菊之人，陶渊明以后，便鲜有听闻。爱牡丹之人，尚有许多。那么，爱莲之人呢？这世间，还有多少像他一样的爱莲者呢？

他所爱之莲，经历过"淤泥"与"清涟"，依旧高洁立于水中，风来不蒙尘埃，雨来不改姿态。

我们爱着一束花，见过它盛开之时的绚丽，也见过它凋零之后的凄凉，我们依旧爱它，正如我们敢于面对饱受沧桑的自己。

或许，这便是先生所领悟的人间之道。

莫笑少年南柯梦

——北宋·王安石《伤仲永》

金溪民方仲永,世隶耕。仲永生五年,未尝识书具,忽啼求之。父异焉,借旁近与之,即书诗四句,并自为其名。其诗以养父母、收族为意,传一乡秀才观之。自是指物作诗立就,其文理皆有可观者。邑人奇之,稍稍宾客其父,或以钱币乞之。父利其然也,日扳仲永环谒于邑人,不使学。

余闻之也久。明道中,从先人还家,于舅家见之,十二三矣。令作诗,不能称前时之闻。又七年,还自扬州,复到舅家问焉。曰:"泯然众人矣。"

王子曰:仲永之通悟,受之天也。其受之天也,贤于材人远矣。卒之为众人,则其受于人者不至也。彼其受之天也,如此其贤也,不受之人,且为众人;今夫不受之天,固众人,又不受之人,得为众人而已耶?

那年，王安石与人闲谈之时，听到了"方仲永"这个名字。

这个与自己同龄的少年，天资聪慧，无师自通，小小年纪已名震金溪县。

他想着，有朝一日，定要见见这位少年。

数年后，王安石见到了方仲永，那少年一袭青衫站在廊下，十二三岁的年纪，手执折扇，腰系环佩，仅看仪表，确有几分才气。

只是，二人交谈以后，他才发觉少年已不似传闻中那般非凡。

仲永之伤，何人之过？

方仲永，出生于金溪县，祖祖辈辈以耕种为生。一个平凡的家庭，父母皆是乡野之人，家中无诗书，更无笔墨，年幼的仲永从未见过那些文房之物。

五岁这年，方仲永忽然哭闹着，又是要笔，又是要纸。

父亲甚是惊讶，便向邻居借来笔墨纸砚，递给孩子。

只见方仲永抬起藕芽似的小手，紧紧握着笔杆，蘸了蘸墨，于白纸上写了四句诗，并题上自己的名字。

这首诗以养父母、收族为意。养父母，是指孝；收族，是指团结。

父母自是不懂诗句的含义，便传给乡里的秀才赏阅。这位秀才读后，颇为诧异，在此乡野之地，竟有天生会作诗的孩童，实在令人震惊。

秀才感叹道:"假以时日,必成大器。"

没过多久,这件事情就传遍金溪。

"方家出了一位神童!"

"哪个方家?"

"就是世代为农的方家!"

曾经被人轻视的方家,忽而成为万众瞩目的焦点,羡煞旁人。突如其来的惊喜,让方仲永的父母迷失了心智,他们沉醉于褒扬声中,一时已辨不清方向。

从此以后,他们指定事物,令方仲永作诗。

方仲永成了一件工具,敛财的工具,炫耀的工具。父亲利用他的才华,成了所谓的"人上人"。同县的人皆以宾客之礼待其父,甚至有人以金钱求取仲永的诗文。

其父认为有利可图,便每日带着他四处拜访同县之人。

他失去了同龄人应有的童年,如傀儡般听从长辈的安排,不能玩乐,不能学习。

这样的日子,还要持续多久?

他跟随父亲推开千家万户的门,听着那些千篇一律的称赞,身体与灵魂已经越来越麻木。他错过了宁静的私塾,错过了启蒙的良师,错过了友善的好友,他变得少言寡语,变得偏执可怜。

明道二年(1033),方仲永见到了王安石。这个出生于官宦之家的天之骄子,自幼便跟随父亲宦游各地,见过星河灿烂,见过江海山川,见过民间疾苦,他的命运注定不同寻常。

方仲永第一次感受到了何为差距。同为少年,王安石的举止、谈吐、志向，皆是方仲永所不能及的。这个天才不得不承认，他羡慕了，嫉妒了。

这时，王安石道："听闻你五岁便能作诗。"

还没等方仲永回答，便有人递来纸笔，方仲永有些无奈，随手写下一首小诗。

王安石凝视着那四行文字，蹙眉不语。

方仲永也知道，如今的诗文早已不似从前。

后来，方仲永再也没有见过王安石。

七年后，王安石又回金溪探亲，问起方仲永的事情，只听亲人叹道："泯然众人矣。"

他已成为庸庸碌碌的寻常人。

于他而言,那短暂的荣耀,究竟是福,还是祸?日后,他又该何去何从?

金溪县,街头巷口总能看见方仲永的身影,瘦弱的身体背着干柴,远远望去,已是一副村夫模样。

"那就是方仲永啊!"

这句话,如今听来,是赞扬,还是嘲讽?

他知道自己何其可笑,却还是用力挺直了脊梁,走向远方……

多年以后,方仲永听闻当年的那个锦衣少年已平步青云,官至宰相,并将他的故事写成了文章,字里行间,满是惋惜。

文章的最后写道:"仲永之通悟,受之天也。其受之天也,贤于材人远矣。卒之为众人,则其受于人者不至也。彼其受之天也,如此其贤也,不受之人,且为众人;今夫不受之天,固众人,又不受之人,得为众人而已耶?"

想不到,仅有一面之缘的那个人竟是最懂他的。

仲永之才是天赋,这种天赋远胜于其他有才能的人。可是,他终究成了一个平凡的人。天才之伤,何人之过?皆因后天没有受到良好的教育。

这般有天赋的人,尚且成了平凡之人,那么,本就无天赋的平庸之辈,又不肯接受教育,怕是想成为普通人都不容易吧!

如果,那时候,有人肯栽培这个少年,有人肯责备他的父亲,结局便也不会这样哀伤。

若是怨恨，他该怨恨何人呢？

是那个目光短浅的父亲？还是那个不敢反抗的自己？

也许，人性的贪婪、享乐、虚荣，才是酿成这场悲剧的元凶。

在宋代，如方仲永这般的神童并不少，当权者还为神童设童子举，科考主要以背书为主。北宋年间，最出名的一位神童便是晏殊，他7岁作诗，15岁入京考试，宋真宗授其秘书省正事，留秘阁读书深造。

父母皆有望子成龙之心，为了让孩子成为所谓的"神童"，不惜亲手毁了他们的童年。《避暑录话》记载："饶州自元丰末朱天锡以神童得官，俚俗争慕之。小儿不问如何，粗能念书，自五六岁即教之五经，以竹篮坐之木杪，绝其视听。教者预为价，终一经，偿钱若干，昼夜苦之。中间此科久废，政和后稍复，于是亦有偶中者。流俗因言饶州出神童。然儿非其质，苦之以至死者，盖多于中也。"

小儿四五岁时，便要背诵四书五经、经史子集。若孩子生性贪玩，便将其放进竹篮，吊在树梢，让其玩闹不成，有些天资愚钝的孩子被活活逼死。然而，这些"神童"只知背诵文字，却不懂书中道理，一个个最终沦为父母之间攀比的工具。

他们不是方仲永，却还是没能逃过父母的"爱"，这爱何其扭曲……

说什么自古英雄出少年，那少年已筋疲力尽。

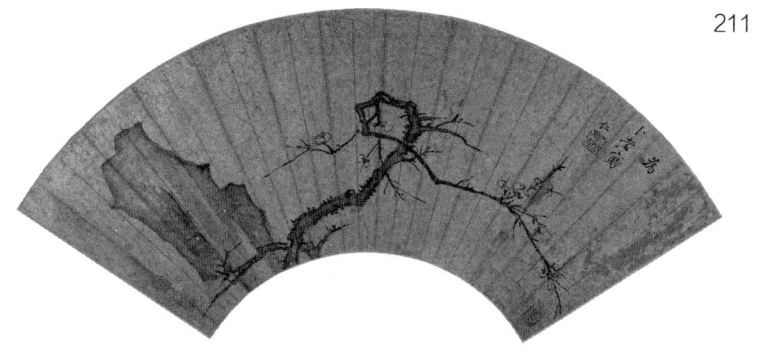

也无风雨也无晴

——北宋·苏轼《前赤壁赋》

壬戌之秋,七月既望,苏子与客泛舟游于赤壁之下。清风徐来,水波不兴。举酒属客,诵"明月"之诗,歌"窈窕"之章。少焉,月出于东山之上,徘徊于斗、牛之间。白露横江,水光接天。纵一苇之所如,凌万顷之茫然。浩浩乎如冯虚御风,而不知其所止;飘飘乎如遗世独立,羽化而登仙。

于是饮酒乐甚,扣舷而歌之。歌曰:"桂棹兮兰桨,击空明兮溯流光。渺渺兮予怀,望美人兮天一方。"客有吹洞箫者,倚歌而和之。其声呜呜然,如怨如慕,如泣如诉,余音袅袅,不绝如缕。舞幽壑之潜蛟,泣孤舟之嫠妇。

苏子愀然,正襟危坐,而问客曰:"何为其然也?"客曰:"'月明星稀,乌鹊南飞',此非曹孟德之诗乎?西望夏口,东望武昌,山川相缪,郁乎苍苍,此非孟德之困于周郎者乎?方其破荆州,下江陵,顺流而东也,舳舻千里,旌旗蔽空,酾酒临江,横槊赋诗,固一世之雄也,而今安在哉?况吾与子渔樵于江渚之上,侣鱼虾而友麋鹿,驾一叶之扁舟,举匏樽以相属,寄蜉蝣于天地,渺沧海之一粟,哀吾生之须臾,羡长江之无穷,挟飞仙以遨游,抱明月而长终。知不可乎骤得,托遗响于悲风。"

苏子曰:"客亦知夫水与月乎?逝者如斯,而未尝往也;盈虚者如彼,而卒莫消长也。盖将自其变者而观之,则天地曾不能以一瞬;自其不变者而观之,则物与我皆无尽也,而又何羡乎!且夫天地之间,物各有主,苟非吾之所有,虽一毫而莫取。惟江上之清风,与山间之明月,耳得之而为声,目遇之而成色,取之无禁,用之不竭,是造物者之无尽藏也,而吾与子之所共适。"

客喜而笑,洗盏更酌,肴核既尽,杯盘狼藉。相与枕藉乎舟中,不知东方之既白。

黄州,没有风雨,没有长虹。

看不清前路,寻不到希望。

初来之时,苏轼灰心杜口。许是身心太过疲倦,再不愿与俗世中人交往,索性闭门不出,终日借酒消愁。

可是,他是苏子瞻啊!曾经名满汴京的才子,天下人如何舍得他落寞?总有人不远千里而来,只为与他对酌。

他们之中有的是僧人,有的是官员,有的是书生,还有的是贩夫走卒。无论身份贵贱,他们皆有一颗温柔的心,让他的灵魂在禁锢中寻找自由,在绝境中涅槃重生。

于是，便有了赤壁之游。

黄州赤壁，土石皆为赤色，并非三国时期的古战场，然而，诸君登高远望，那一江春水、一叶扁舟，总能让人想起当年的赤壁之战。

壬戌年秋，七月十六日。

苏轼与友人踏上这片土地，江风拂面，云卷云舒，不知不觉间，暮色将近，众人泛舟游江，饮酒高歌，谈古论今，人生畅快有几何！醉罢，他挥毫写下《前赤壁赋》。

那夜，清风缓缓拂过，江水平静无波。苏轼举起酒杯，劝好友再饮一杯，又吟咏"明月"之诗，高歌"窈窕"之章。

不一会儿，明月从东山升起，徘徊于斗宿与牛宿之间。白雾笼罩江面，水光连接着天际。他们坐在苇叶似的舟上，随意漂流于茫茫江面之上，舟在雾中过，如御风而行，不知到哪里会停栖。飘飘摇摇如超然独立于尘世，羽化成仙，登入仙境。

这时，饮酒饮得高兴，便用手叩击着船舷，高唱着："桂棹兮兰桨，击空明兮溯流光。渺渺兮予怀，望美人兮天一方。"

有位擅长吹箫的友人，吹着洞箫，为歌声伴奏。那箫声呜呜咽咽，如哀怨，如思慕，如哭泣，如倾诉。余音回荡在江上，如一缕细丝连续不绝。这箫声，能令幽壑中的蛟龙为之起舞，能使孤舟的寡妇为之落泪。

苏轼闻之，神色惆怅，正襟危坐，问道："箫声为何如此悲伤？"

客人答："'月明星稀，乌鹊南飞'，这不正是曹孟德的诗吗？此处向西可望见夏口，向东可望见武昌，山川相连，郁郁苍苍，这不正是曹孟德被周瑜围困的地方吗？当年，他攻陷荆州，自江陵顺流东下，战船千里，旌旗蔽空，临江斟酒，执矛赋诗，本是一世英雄人物，然而，如今安在？我与你曾在江中小洲上捕鱼砍柴，以鱼虾为侣，以麋鹿为伴。今夜，我们驾着一叶扁舟，推杯换盏，不亦乐乎。其实，我们何其渺小，如同天地之中的蜉蝣，沧海之中的粟米。人生短暂，转瞬成空，不由羡慕长江之无穷。我多想挟仙人遨游各地，拥明月长存世间。我知道那是无法实现的梦想，便不觉以箫诉怨，将遗憾寄托于悲风。"

友人之伤，亦是众生之伤。"哀吾生之须臾"，时光太短，眷恋太多，无论富贵与贫穷，总有遗憾。

然而，苏轼却不这么认为，他安慰道："你可知那水和月？光阴如流水，其实并没有真正逝去；明月时圆时缺，并没有增减。若观事物易变，天地万物都在变化，没有一瞬是停止的。而观事物不变，万物和我们皆是永恒。你又何必羡慕这江水呢？天地之间，万物各有其主，若不是你我应该拥有的，一分一毫也不可求取。只有江上之清风，山间之明月，听到了便为声音，看见了便成形色，取之不尽，用之不竭。这是造物者恩赐的宝藏，无穷无尽，我与你可共享。"

一个凭吊江山，哀人生之如寄；一个留恋风月，喜造物之无私。

闻言，友人欣然大笑，不再哀伤。

他们洗净杯盏，继续饮酒。佳肴食尽，杯盘狼藉，众人互相枕着,缓缓睡去。

不觉间,东方已露出了曙光。

那夜,苏轼又作《念奴娇·赤壁怀古》:

大江东去,浪淘尽,千古风流人物。故垒西边,人道是:三国周郎赤壁。乱石穿空,惊涛拍岸,卷起千堆雪。江山如画,一时多少豪杰。

遥想公瑾当年,小乔初嫁了,雄姿英发。羽扇纶巾,谈笑间樯橹灰飞烟灭。故国神游,多情应笑我,早生华发。人生如梦,一樽还酹江月。

忆往昔,万里江山如画,多少英雄豪杰,多少峥嵘岁月。周郎手摇羽扇,谈笑之间,八十万曹军灰飞烟灭。历史仿佛一面铜镜,映出人间百态,照着悲欢离合。

千百年来,沧桑变化,斗转星移,人生如梦,转瞬即逝,我们还能留住什么?不如只争朝夕,且洒一杯浊酒,祭奠那亘古不变的明月。

三个月后,十月十五日,依旧是明月夜。

苏轼又来到赤壁,作《后赤壁赋》:

是岁十月之望,步自雪堂,将归于临皋。二客从予过黄泥之坂。霜露既降,木叶尽脱,人影在地,仰见明月,顾而乐之,行歌相答。

已而叹曰："有客无酒，有酒无肴，月白风清，如此良夜何！"客曰："今者薄暮，举网得鱼，巨口细鳞，状似松江之鲈。顾安所得酒乎？"归而谋诸妇。妇曰："我有斗酒，藏之久矣，以待子不时之需。"

于是携酒与鱼，复游于赤壁之下。江流有声，断岸千尺；山高月小，水落石出。曾日月之几何，而江山不可复识矣。予乃摄衣而上，履巉岩，披蒙茸，踞虎豹，登虬龙，攀栖鹘之危巢，俯冯夷之幽宫。盖二客不能从焉。划然长啸，草木震动，山鸣谷应，风起水涌。予亦悄然而悲，肃然而恐，凛乎其不可留也。反而登舟，放乎中流，听其所止而休焉。时夜将半，四顾寂寥。适有孤鹤，横江东来。翅如车轮，玄裳缟衣，戛然长鸣，掠予舟而西也。

须臾客去，予亦就睡。梦一道士，羽衣蹁跹，过临皋之下，揖予而言曰："赤壁之游乐乎？"问其姓名，俯而不答。"呜呼！噫嘻！我知之矣。畴昔之夜，飞鸣而过我者，非子也耶？"道士顾笑，予亦惊寤。开户视之，不见其处。

这一次，他们有酒有鱼，泛舟夜游，所见之景已不同于从前。晚秋萧瑟，江流有声，断岸千尺，山高月小，水落石出。

苏轼踏过险峻的山石，拨开丛生的杂草，独自登上最高处，在黑夜中长啸，草木震动，山谷共鸣。那一刻，不知为何，悲从中来，他不愿久留，便回到舟上，任由小舟自由漂流。

时将半夜，忽而望见两只仙鹤，自东方而来，掠过江面，一直往西飞去。

后来，苏轼做了一个梦，梦见一位道士，身披羽衣而来，那道士问："赤壁之游可快乐？"

苏轼问其姓名，他也不答。苏轼道："我知道了！夜里就是你们从我头上飞过。"

道士微微一笑，不言不语。

苏轼从梦中惊醒，开门而望，空无一人，唯有萧瑟寂寥。

他何尝不是那归去的仙鹤？悠然旷达，无一丝风尘俗态。人生不过百年，千般是非，万般繁华，终将逝去。唯有风月常存，青山不老。

世人或是名垂千古，或是庸庸碌碌，无论超卓，还是平凡，经历过悲喜，领略过风华，便是不枉此生。风雨中，总有人缓步前行，且吟且啸，回首向来萧瑟处，归去，也无风雨也无晴。

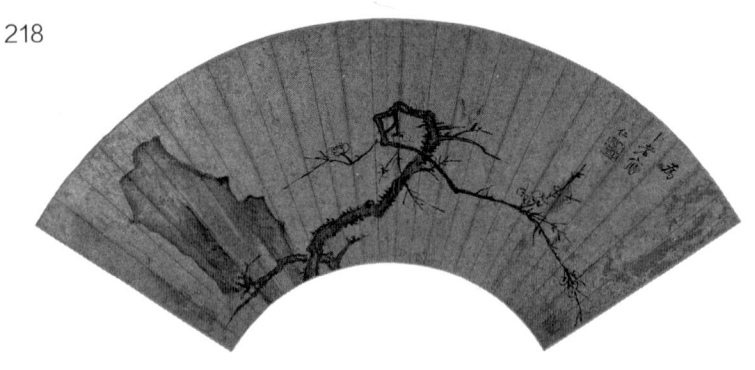

月下共此时

——北宋·苏轼《记承天寺夜游》

元丰六年十月十二日夜,解衣欲睡,月色入户,欣然起行。念无与为乐者,遂至承天寺寻张怀民。怀民亦未寝,相与步于中庭。庭下如积水空明,水中藻荇交横,盖竹柏影也。何夜无月?何处无竹柏?但少闲人如吾两人者耳。

诗人喜欢夜晚,是因为夜的静谧。

点燃一盏烛火,将孤独写进诗里,将梦想藏于心底。

夜,如此安静,深秋的晚风吹动着层层竹叶,勾起千丝万缕的情绪。

今日,是元丰六年(1083)十月十二日。

苏轼合上书卷,仔细算了算日子,自己被贬黄州已有四年,这时间不长不短,却让人惆怅万千。

四年前,苏轼呈上一篇《湖州谢上表》,其中说皇帝

"知其愚不适时，难以追陪新进；察其老不生事，或能牧养小民"。

仅仅因为这一句话，御史何正臣等人便上表弹劾，奏他诗文中藏有讽刺朝政之语，认为苏轼反对新法。而后，御史台又抄获了大量诗词，责其"包藏祸心""怨望其上"。苏轼被捕后，关押于御史台监狱，因御史台中有柏树，乌鸦栖于其上，故称"乌台"。这场乌台诗案看似一场文字狱，其实是革新派与守旧派的斗争，牵连甚广。于苏轼而言，宛如宦海生涯中的一场噩梦，让他战战兢兢，如履薄冰，虽是保全了性命，但也葬送了前程。

出狱后，苏轼被贬为黄州团练副使，官职低微，且不得签书公事，不过是一个有名无实的闲官。初到黄州，苏轼举目无亲，故人不问，若非结交了三两挚友，真不知往后的岁月如何度过。

往事如此绊人心，想忘却，又不能忘却。只能在荒芜的夜里回忆，撕裂旧日的伤疤，任由千疮百孔的自己徘徊于月光下……

如果黄州的月色不寂寥，那一定是因为怀民未寝。

那夜，苏轼正欲宽衣入睡，恰好月色入户，皎洁美好，映得陋室一片银白。

如此良辰夜色，怎可辜负？他欣然起身，独自走在空无一人的小径上，想起当年名动京师的情景。那时，风光无限，满门荣耀。那时候，还没有新政，还没有争斗，朝野上下一片祥和，同僚们尚能笑谈风月，指点江山。可惜，一场变法，满堂诸君不似从前，离去的离去，麻木的麻木。那样快意的时光，终是一去不复返。

冷风穿林而过,他停止了思绪,望了望远处,承天寺的门前还亮着灯火。

那里,住着好友张怀民。

何其幸哉,能有那样一位朋友。

承天寺里,张怀民听着那不急不缓的敲门声,便知是东坡兄。

门外传来苏轼的声音:"怀民,睡了吗?"

屋内,张怀民无奈地笑了笑:"没睡。"

他深夜来寻他,即便是他睡了,也会回一句"未寝",更何况,今夜,他的确辗转难眠,冥冥之中,似乎在等待着这位不请自来的闲人。

皓月之下,二人一同漫步庭院,享受着夜的宁静。倘若时间不能一直停留在此刻,便让这条路没有尽头。总想静静地走

下去，从黑夜走到黎明，从韶华走到白头。

这一刻，也不需要太多的言语，两个人站在那里，便觉得美好。

月光照在庭院，如积水般清澈透明，水中水藻、水草纵横交错，原来那是院中竹子与柏树的影子。

这个季节，唯有竹柏尚青，立于凄凄秋风中，与失意人为伴。那个夜晚，他们又忍不住聊起那些满是遗憾的过往，先是叹了又叹，最终笑了又笑。

苏轼不禁感叹道："何夜无月？何处无竹柏？但少闲人如吾两人者耳。"

哪个夜晚没有明月？哪个地方没有竹柏？只是缺少像我们这样的闲人罢了！

闻言，张怀民低声重复着"闲人"二字。闲人，如此悠闲，如此落寞。

是啊，他们就是全天下最闲的人。无权无势，无欲无求。这样的他们，已经被世人遗忘了吧！遗忘又如何？为自己而活，何须他人记得。世人忙忙碌碌，左右不过是为了"名利"二字。为了那凉薄的人间，费尽半生周折，终是不值得。

闲人也好，至少，张怀民愿做一个闲人。

张梦得，字怀民，被贬黄州，他与苏轼同是天涯沦落人，处境如此相似，难免惺惺相惜。张怀民到了黄州后，于房舍的西南方建了一座亭子，观长江之景，苏轼名之曰：快哉亭。

何为快哉？苏辙在《黄州快哉亭记》中曾写道："今张君不以谪为患，窃会计之余功，而自放山水之间，此其中宜有以过人者。将蓬户瓮牖无所不快，而况乎濯长江之清流，揖西山之白云，穷耳目之胜以自适也哉！不然，连山绝壑，长林古木，振之以清风，照之以明月，此皆骚人思士之所以悲伤憔悴而不能胜者，乌睹其为快也哉！"

张怀民从不因贬官而忧愁，公事之余，便会在山水之间释放身心。即使屋舍简陋，蓬草编门，破瓦为窗，也没有觉得沮丧。他的眼中有长江清流，有西山白云，有连绵峰峦，有参天古木，有明月高照……随遇而安，为快也哉！

他的"闲"并非无所事事，而是身处困境中的乐观。不纠结过去，不忧虑将来，他只想走好脚下的路，风来听风，雨来赏雨，不辜负每一个良辰。

张怀民也清楚，他的东坡兄不会永远留在黄州。黄州的月色固然美好，却留不住诗人的灵魂。为朝廷而生，为朝廷而困，这便是宿命吧。

终有一日，他会离开这里。希望那一日来得早些，他已不忍目睹好友沧桑的眼神。

他的东坡兄，不属于黄州。

第二年四月，苏轼离开了黄州，奉诏赴汝州就任。

离去的人，飘摇红尘，留下的人，黯然失魂。

两个人的故事，也在这里结束了。某年某月再提起时，便成了彼此诗文中的"故人"。

那位故人啊，又在何处望着月光？

故人华发已生。

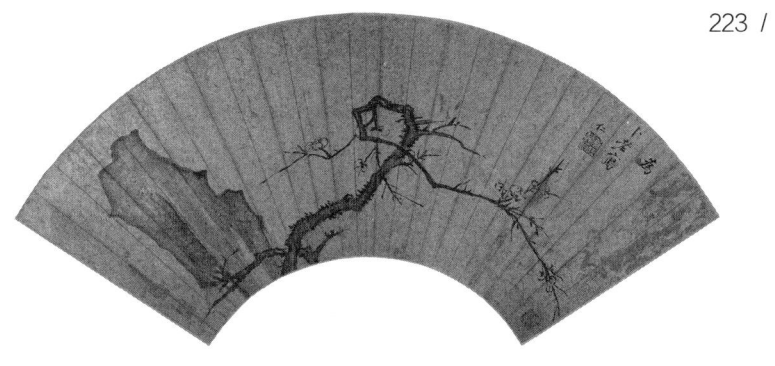

不负韶华,未来可期

——明·宋濂《送东阳马生序》

余幼时即嗜学。家贫,无从致书以观,每假借于藏书之家,手自笔录,计日以还。天大寒,砚冰坚,手指不可屈伸,弗之怠。录毕,走送之,不敢稍逾约。以是人多以书假余,余因得遍观群书。既加冠,益慕圣贤之道,又患无硕师、名人与游,尝趋百里外,从乡之先达执经叩问。先达德隆望尊,门人弟子填其室,未尝稍降辞色。余立侍左右,援疑质理,俯身倾耳以请;或遇其叱咄,色愈恭,礼愈至,不敢出一言以复;俟其欣悦,则又请焉。故余虽愚,卒获有所闻。

当余之从师也,负箧曳屣行深山巨谷中。穷冬烈风,大雪深数尺,足肤皲裂而不知。至舍,四支僵劲不能动,媵人持汤沃灌,以衾拥覆,久而乃和。寓逆旅,主人日再食,无鲜肥滋味之享。同舍生皆被绮绣,戴朱缨宝饰之帽,腰白玉之环,左佩刀,右备容臭,烨然若神人;余则缊袍敝衣处其间,略无慕艳意。以中有足乐者，不知口体之奉不若人也。盖余之勤且艰若此。今虽耄老，未有所成，犹幸预君子之列，而承天子之宠光，缀公卿之后，日侍坐备顾问，四海亦谬称其氏名，况才之过于余者乎？

今诸生学于太学，县官日有廪稍之供，父母岁有裘葛之遗，无冻馁之患矣；坐大厦之下而诵《诗》《书》，无奔走之劳矣；有司业、博士为之师，未有问而不告，求而不得者也；凡所宜有之书，皆集于此，不必若余之手录，假诸人而后见也。其业有不精，德有不成者，非天质之卑，则心不若余之专耳，岂他人之过哉？

东阳马生君则，在太学已二年，流辈甚称其贤。余朝京师，生以乡人子谒余，撰长书以为贽，辞甚畅达。与之论辩，言和而色夷。自谓少时用心于学甚劳，是可谓善学者矣。其将归见其亲也，余故道为学之难以告之。谓余勉乡人以学者，余之志也；诋我夸际遇之盛而骄乡人者，岂知予者哉？

寒夜孤灯，谁家少年还在执笔？

金榜题名，谁家才子荣归故里？

一个年轻学子叩响了朱门，期待着一场此生难忘的相逢。

这位学子名为马君则，已在太学中学习两年，同辈之人皆称赞其贤。

听闻宋濂入京朝见天子，马君则便以同乡晚辈的身份前去拜谒，写了一封文辞通畅的长信作为礼物。

宋濂初见马君则时，已是沧桑老者，他凝望着眼前这位谦和恭敬的年轻人,仿佛看见了从前的自己。一样的年纪,一样的阳光,一样的朝气。

二人论辩之时,已觉惺惺相惜。马君则诉说着自己年少时求学如何刻苦,如何用心。

宋濂知道,这位后生是善学者,值得温柔相待。于是,创作了一篇赠序,将治学的艰难告诉他,以此勉励马生潜心治学。

宋濂,初名寿,字景濂,生于元朝末年,一个动荡不安的年代。元末,朝政腐败,赋税繁重,民不聊生,对于那些出身卑贱的百姓来说,一日三餐已成为奢求。

这是人间,亦是炼狱。

十月,江南已入冬,一砖一瓦浸着刺骨的寒意,宋濂便是降生在这样的季节。陈氏怀孕仅满七月便产子,由于早产,婴儿自幼体弱多病,染病便会昏迷数日,幸有母亲无微不至地照顾,才得以平安长大。

年幼的时候,他便爱好读书。无奈家中贫寒,无书可读,时常要向藏书之家借书。他亲手抄录,再计着日子,按时归还。

冬日寒冷,砚台里的墨汁都已结冰,十指冻得僵硬,不可弯曲,不可伸直,即便如此,也不肯放弃抄录。一旦抄录完毕,立刻跑去还书,不敢超过约定的期限。因此,许多人愿借书给他,他得以博览群书。

谁能拒绝一个勤奋又守信的少年呢?《孟子》中言:"故天将降大任于是人也,必先苦其心志,劳其筋骨,饿其体肤,空乏其身，行拂乱其所为，所以动心忍性，曾益其所不能。"我们来人间走一趟，总要见见风雪，再看看太阳。

古代男子二十岁便是成年，行加冠礼，可以正式开始参加各项活动。宋濂仰慕圣贤之道，又苦于无硕师和名人交往指点，便走到数百里以外，携带经书向乡中有学识的前辈虚心请教。前辈德高望重，门人弟子众多，挤满了屋室。前辈素来严厉，从不曾将言辞委婉些，把脸色放温和些。宋濂静静地站在前辈身旁，陪侍左右，提出疑惑，询问道理，俯下身子，侧耳倾听前辈的教诲。有时候，前辈大声呵斥，他的脸色更加恭顺，礼节更加周到，不敢多言一字反驳，等到前辈心情愉悦之时，再去请教。

"故余虽愚，卒获有所闻。"文中，他言自己虽愚笨，但收获颇多。其实，宋濂并非愚钝，他幼年聪敏善记，过目不忘，5岁能诗，9岁善属文，人称"神童"。这是他的天赋，他却在文中只字未提，因为，比起天赋，谦卑与坚持最为重要。

而后，他又写了外出求师之事。那年，他远离家乡，背

着书箱，拖着鞋子，行走在深山巨谷之中。隆冬时节，寒风猛烈，雪深数尺，行走在雪地，脚上的皮肤冻裂也不知。直到回到客舍，四肢僵硬不能动弹，侍者拿来热水浇洗，又用厚被裹着，过了许久，才慢慢暖和起来。

那时候，他居住在客舍，每日仅有两顿粗茶淡饭，没有鲜肥的美食。同舍的人都穿着华丽的衣衫，戴朱帽，饰珠宝，腰间系白玉，左佩宝刀，右挂香囊，光鲜亮丽，仿若神仙一般。宋濂处于他们之间，虽身着破旧的衣衫，但无丝毫羡慕之意。只因心怀足以欢喜的事情，便不觉得吃穿用度不如别人。

虽身处繁华之中，而未曾沉迷。心不动，人则不妄动，衣食住行淡然处之，从不浮躁，从不贪恋，时刻提醒自己保持清醒，以君子之心待人。

宋濂何尝不知寒门艰辛？他一路走来，尝尽人间百味。他将前半生的经历写入《送东阳马生序》，细说艰苦岁月，却不提世间险恶。真正的善良之人，便是经历过黑暗，忍受过疼痛，依旧心中有光，且以此光温暖世人。

他谦虚地感叹："我已年迈，未有所成，所幸置身于君子之列，承受天子之恩宠，跟随公卿之后，每日陪侍皇帝，听候询问，其氏名被天下之人称颂。我且如此，更何况才能远超于我的人呢？"

这位才能远超于他的人，可以是马君则，也可以是其他人。凡有才能者，皆值得四海称颂。他希望所有的后生皆能有所成就，无愧青春，未来可期，脚踏星河，追寻璀璨的人生。

如今，诸生于太学中求学，有朝廷供给膳食，有父母赠给衣物，再也没有冻饿之忧。他们于大厦之下诵书，再无奔走之苦。他们有司业、博士为师，再无问而不告、求而不得者。凡应有之书，皆集于此，不必如宋濂般亲手抄录，也不必从别人处借来才能读阅。

那个贫寒的时代已经过去，倘若学子还有业有不精、德有不成者，如果不是天赋、资质低下，便是用心不够专一。

宋濂并未提及自己的仕途，其实，学成以后，他已是名满天下的大儒。元帝召他为翰林编修，宋濂深知元朝气数将尽，不愿仕元，以奉养父母为由，辞不应召。

为躲避诸多纷扰，他索性入仙华山为道士，专心著书。直到十年后，天下大局已定，朱元璋定鼎金陵，召宋濂为婺州郡学"五经"师，次年，朱元璋召他教授长子朱标"五经"。而后数年，宋濂奉诏撰修《元史》。

官场之路总是起起伏伏，宋濂也曾平步高升，也曾降职被贬，也曾命悬一线。即便如此，他还是愿将余生献给大明江山。

学子，当有求学之心。多少人蹉跎了岁月，醒悟之时，悔不当初。天可补，海可填，南山可移，日月既往，不可复追。

少年，若你此时正在求学，须知路漫漫其修远。这条路，或许艰难，或许泥泞，千万不可言弃。道阻且长，行则将至，行而不辍，未来可期。你知道吗？前路皆是星辰大海，是你所期望的欢喜。

盛年不再来，一日难再晨。

愿你乘风破浪，归来仍是少年。

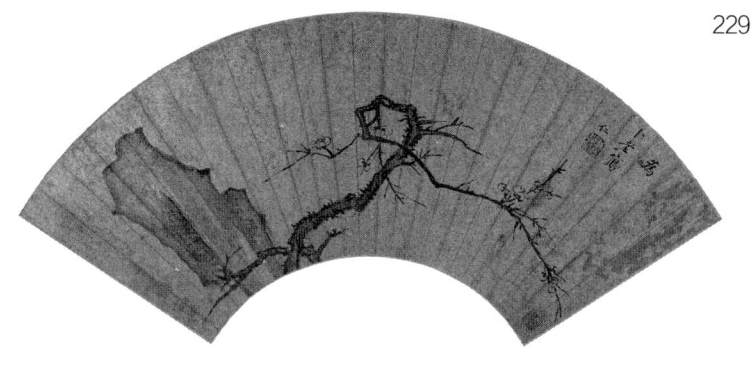

今已亭亭如盖

——明·归有光《项脊轩志》

  项脊轩,旧南阁子也。室仅方丈,可容一人居。百年老屋,尘泥渗漉,雨泽下注;每移案,顾视无可置者。又北向,不能得日,日过午已昏。余稍为修葺,使不上漏。前辟四窗,垣墙周庭,以当南日,日影反照,室始洞然。又杂植兰桂竹木于庭,旧时栏楯,亦遂增胜。借书满架,偃仰啸歌,冥然兀坐,万籁有声;而庭阶寂寂,小鸟时来啄食,人至不去。三五之夜,明月半墙,桂影斑驳,风移影动,珊珊可爱。

  然余居于此,多可喜,亦多可悲。先是,庭中通南北为一。迨诸父异爨,内外多置小门,墙往往而是,东犬西吠,客逾庖而宴,鸡栖于厅。庭中始为篱,已为墙,凡再变矣。家有老妪,尝居于此。妪,先大母婢也,乳二世,先妣抚之甚厚。室西连于中闺,先妣尝一至。妪每谓余曰:"某所,而母立于兹。"妪又曰:"汝姊在吾怀,呱呱而泣;娘以指叩门扉曰:

'儿寒乎？欲食乎？'吾从板外相为应答。"语未毕，余泣，妪亦泣。余自束发读书轩中，一日，大母过余曰："吾儿，久不见若影，何竟日默默在此，大类女郎也？"比去，以手阖门，自语曰："吾家读书久不效，儿之成，则可待乎！"顷之，持一象笏至，曰："此吾祖太常公宣德间执此以朝，他日汝当用之！"瞻顾遗迹，如在昨日，令人长号不自禁。

轩东，故尝为厨，人往，从轩前过。余扃牖而居，久之，能以足音辨人。轩凡四遭火，得不焚，殆有神护者。

项脊生曰："蜀清守丹穴，利甲天下，其后秦皇帝筑女怀清台；刘玄德与曹操争天下，诸葛孔明起陇中。方二人之昧昧于一隅也，世何足以知之？余区区处败屋中，方扬眉、瞬目，谓有奇景。人知之者，其谓与坎井之蛙何异？"

余既为此志，后五年，吾妻来归，时至轩中，从余问古事，或凭几学书。吾妻归宁，述诸小妹语曰："闻姊家有阁子，且何谓阁子也？"其后六年，吾妻死，室坏不修。其后二年，余久卧病无聊，乃使人复葺南阁子，其制稍异于前。然自后余多在外，不常居。

庭有枇杷树，吾妻死之年所手植也，今已亭亭如盖矣。

一座老屋，一场旧梦，一些故人。

项脊轩，历经百年沧桑，如此陈旧，如此狭小，却承载着几代人的记忆。一个家族，由盛转衰；一对佳偶，天人永隔。

当繁华落尽，剩下的便是孤独。若人间有七分苦，那归有光便尝了五分。

他于青春年少时写下了《项脊轩志》前四段，又于多年后，补写了后两段。这是他的人生，平凡之中见真情，多可喜，亦多可悲。

项脊轩，旧时的南阁楼。室内仅有一丈见方，可容一人居住。

这座百年老屋，何其简陋，"尘泥渗漉"，"不能得日"。尘泥渗水，每逢下雨天，便有雨水一直下流。他每次移动桌子，环顾四周，也未有可以安置桌案的地方。屋子方位向北，不能见到阳光，过了晌午，屋子便已昏暗。

他稍微修葺了一下，才使屋子不再漏雨，又开辟了四扇窗子，以矮墙环绕庭院，用来遮挡南方的日光。日光反照，室内方明亮起来。院子里，他又种了兰花、桂树、竹子等草木。庭中草木，旧时栏杆，添了几分光彩。

那时候，书架上摆满了书籍，他时而吟诵高歌，时而静静端坐，听万籁之声。庭阶寂静，鸟儿不时啄食，人走到它身旁，它也不离开。

十五之夜，月照半墙，树影斑驳，风移影动，甚是可爱。

这间简陋的小屋，有尘，有雨，也有温暖的光，以及和善的人。那时的他，年纪尚小，读书习字，自得其乐。

归有光感叹："然余居于此，多可喜，亦多可悲。"

居住于此，有欢喜之事，也有悲伤之事。

以前，庭院本是南北相通，一家人和和睦睦。后来，伯父、叔父分家，内外设置了诸多小门，墙壁到处都是。分家后,家犬把原来同一庭院的人当作了外人,客人吃饭需越过厨房,鸡栖息于厅堂。庭院的中间,开始是用篱笆隔开,然后又砌了高墙。

这庭院分得杂乱不堪,早已不是当年模样。最熟悉的亲人,离散而居,也成了陌生人。从原本的家庭抽离,各自成家,各自生活,这由聚到散的过程,称之为"成长"。

一墙之隔,终是渐行渐远。

家中原有一位老婆婆,曾居于此,她是归有光已经故去的祖母的婢女,抚育两代人,他故去的母亲也待婆婆极好。那时,房子的西边与内室相连,他母亲曾来过这里。

老婆婆时常对他说:"这个地方,你母亲曾站在这里。"

老婆婆又说:"你姐姐在怀中,呱呱哭泣。你母亲便用手指叩门,问:'孩子是冷呢,还是想吃东西呢?'我隔着门一一回答。"

话未完,归有光就哭了起来,婆婆也流下了眼泪。

他8岁丧母,对于母亲的记忆,早已模糊不清。这位老婆婆总会耐心地讲起往事,言语之间,他知道,这间屋子,母亲生前常来,这里的每一处,都有关于她的故事。

人虽逝去,却仿佛留下了气息,温暖着后人的心。

他自束发时,便在项脊轩内读书。记得有一日,祖母来看他,祖母道:"吾儿,许久未见你的身影了,为何整日默默待在这里,像个女子一样?"

离开时,祖母轻轻地关上门,自言自语道:"吾家读书人许久未有功名了，吾儿之成，指日可待！"

不一会儿，祖母又拿着一个象笏过来，她说："吾祖太常公于宣德年间，执此以朝，你以后一定会用到它。"

瞻顾旧日事情，恍如昨日，令人不禁失声痛哭。

这些记忆萦绕在心间，督促着他勤奋攻读。

他9岁能作文章，10岁时便写出《乞醯论》，14岁应童子试，弱冠尽通六经、三史、大家之文。如此寒窗苦读，只为光耀门楣，不负逝者的期望。

项脊轩的东边是厨房，若要去那里，必须从轩前经过。他关着窗子住在里面，时间久了，能根据脚步声辨人。

从牙牙学语到明理善辩，他从未离开过这里。见过它温馨，也见过它萧条。那些熟悉的人，走的走，散的散，最终，仿佛只剩下他一人。

归有光道："巴蜀有位寡妇，名为清，守着朱砂矿，利甲天下，后来，秦始皇为她筑女怀清台。刘备和曹操争夺天子，诸葛孔明从陇中出山建立勋业。这二人无声无息地居于偏僻之地，世人怎能知晓他们？我居住在区区破屋中，当我扬眉瞬目时，以为有奇景。若是知道我境遇的人，是不是又要说我跟坎井之蛙没什么不同？"

人生境遇，各有不同。当理想遇见了现实，总能听见世人无情的嘲讽。那些人听闻了他的家世、志向，笑他是"坎井之蛙"。

其实，他们什么也不懂。他们永远也不知道，那个少年为

何苦苦坚守,为何孤单彷徨。

他于18岁时,写下了这篇《项脊轩志》。记忆中明明有悲有喜,回忆时,却只剩下悲伤。

离散、孤独、自强,平凡的世界,平凡的人,如此平凡,却又如此牵动人心。

若是没有经历后来的沧桑,便也不会有最后两段补记。

作此文章以后,过了五年,归有光娶了妻子王氏。

婚后,妻子时常来到项脊轩,或是询问他旧时之事,或是提笔写字。

妻子回娘家探亲,回来以后,转述着家中小妹妹的话:"听闻姐姐家中有个小阁楼,什么叫小阁楼?"

那座小小阁楼,添了一位伊人。佳偶天成,举案齐眉,来来去去,多少春与冬,庭外桂树,又凋谢了几番?红烛之下,她的眉眼,她的话语,时时划过他的心间,难忘旧时的笑颜。

又过了六年,妻子去世,轩坏不修。

归有光不愿改变室内的陈设,不肯擦拭桌案的尘埃,任由落叶堆积,任由阁楼破败,唯有这般,才能留住她存在的痕迹。

整整两年,归有光浑噩度日,整日卧床不起,人生毫无寄托。

后来,有一日,他似乎想通了,命人修缮南阁子,格局稍异于从前,似乎准备接受新的生活。

然而,阁楼修好了,人却离开了。归有光忙于科考,常于外面奔波,极少居于此。

他对仕途满怀憧憬，却屡屡落第，五上南京，榜上无名。当现实照进梦想，便格外凄凉。

59岁那年，他终于中了三甲进士。

此时，他的内心已无任何波澜。也无欢喜，也无悲伤，那是一种历经苦难后的从容。壮志未衰人已老，可笑年少太执着。他苦笑着接受了这迟来的功名，承认了自己平庸的一生。

可是，纵然平庸，亦可坚韧。

三甲出身，无法授官职，只能往偏远之地任知县。长兴，地处山区，富人为非作歹，恶吏鱼肉百姓，周围人都劝归有光不可去此地，他却毅然赴任。花甲之年，为民请命，平反冤狱。

他还是那个项脊轩的少年，没有放弃过生活，也没有放弃过自己。

只是，午夜梦回，还是会想起项脊轩，枇杷树，故人颜。

那棵庭前枇杷树是妻子过世那年，他亲手所植的，如今，已高高挺立，枝繁叶茂。

终有一日，他也将逝去。他的后代们也会长居于轩，也会苦读诗书，也会庭前望月，也会叹息世事，也会许下心愿……

爱，会深藏于心，会延续永远。

人间无故人，心上情依旧。

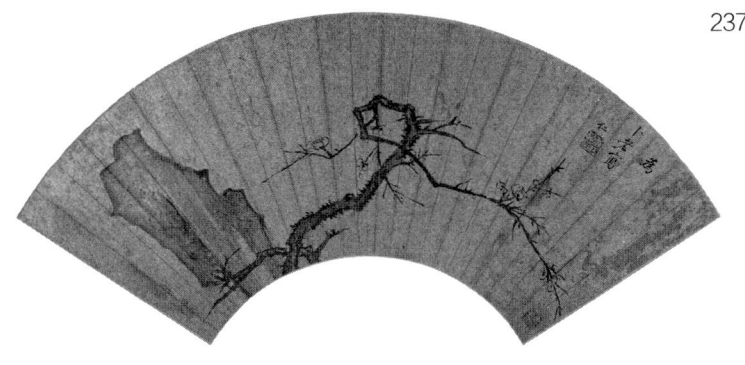

隔世繁华入梦来

——明·张岱《湖心亭看雪》

崇祯五年十二月,余住西湖。大雪三日,湖中人鸟声俱绝。是日更定矣,余挐一小舟,拥毳衣炉火,独往湖心亭看雪。雾凇沆砀,天与云与山与水,上下一白。湖上影子,惟长堤一痕、湖心亭一点、与余舟一芥、舟中人两三粒而已。

到亭上,有两人铺毡对坐,一童子烧酒炉正沸。见余大喜曰:"湖中焉得更有此人!"拉余同饮。余强饮三大白而别。问其姓氏,是金陵人,客此。及下船,舟子喃喃曰:"莫说相公痴,更有痴似相公者。"

寒冬,一个孤寂的季节。

泥炉小火,照亮一室破败,染着殷红的光,透着彻骨的伤。张岱缓缓拿出自己的小像,细细端详……

那褶皱的脸颊,那沧桑的眼眸,那稀疏的白发,这张脸,灰容土貌，哪里还有昔日的朝气？

他提笔写下六句话："功名耶落空，富贵耶如梦，忠臣耶怕痛，锄头耶怕重，著书二十年耶而仅堪覆瓮，之人耶有用没用？"

功名落空，富贵如梦，想做忠臣以身殉国，却怕赴死的痛苦，想做农民耕种，却不耐艰苦。明朝灭亡后，他花了整整二十年完成的巨著，只能用来盖瓦瓮，这样的人，到底有用无用？

文人的自嘲，总有满腔悲愤，以及平生遗恨。

当少年不再是少年，人间就该有一场大雪，为芳华陪葬，为世事哀伤。一夜风雪，万物皆寂，无喧嚣，无风月，唯有那颗不敢年迈的心，依旧跳动着，抗争着。

张岱，生于明朝末年，仕宦之家。少为纨绔子弟，享尽人间美好，极爱繁华，好精舍，好美婢，好娈童，好鲜衣，好美食，好骏马，好华灯，好烟火，好梨园，好鼓吹，好古董，好花鸟。

他热爱繁华，甚至，沉溺其中。

崇祯五年（1632）十二月，张岱36岁，正是壮年。他居住在西湖边，西湖十二月，寂静冷清，不见行人。

那飞雪已落了数日，湖中也无人影，天边也无鸟鸣，一切都消失了，唯有北风依旧吹动着枯枝，吞噬着寂寞的灵魂。

初更时分，他撑着一叶小舟，披着细毛皮衣，围着火炉，独自往湖心亭赏雪。只见，湖面上，冰花一片弥漫，远远望去，天与云与山与水，浑然一体，天地之间皆是白茫茫。

万籁俱寂，湖上之影，只有一道长堤的痕迹，一点湖心亭的轮廓，一叶小小的扁舟，舟上两三粒人影罢了！

他到了湖心亭上，只见有两个人铺好毡子，相对而坐，童子正在旁边烧炉温酒。他们抬起头，瞧见了他，欢喜地道："想不到湖中竟有你这般闲情逸致之人！"

这世间总有一群遗世独立之人，那般孤独，却又热烈地期盼着遇见同道中人。恰如此时，有人，有酒，有故事，所有的一切都刚刚好，不早不晚，没有唐突，也没有错过。

于是，亭中之人拉着他一同饮酒。他们不谈风月，不论天下，只单纯地赏雪。观天地之白，品酒中之香，何须多言？何须叹息？人生之中，这般邂逅能有几次？

庆幸，遇见了彼此。至少，今日的他不再是一个人。

张岱强饮三大杯后，便起身道别。临走前，询问他们的姓氏，得知他们是金陵人，在此客居。

他想着，也许还有相见之日。

等到下船的时候，船夫喃喃道："莫说相公痴，更有痴似相公者。"

这世间，竟然还有像他一样的痴人。三人皆是"痴"，痴于寒冬，痴于赏雪，痴于寂静，正是因为心中的"痴"，才有了这场相遇。

后来，江山倾颓，风雨飘摇，皇帝自杀殉国，外敌入侵江南。国破家亡，繁华皆成梦幻，他年近五十，无所归宿，只能避迹山居，所存者，仅剩破床碎几，折鼎病琴，残书数帙，缺砚一方。

他拿起一杆破笔，蘸着旧墨，在泛黄的纸上写下了《陶庵梦忆》，《湖心亭看雪》仅是其中一篇。

陶庵，是他的号。至于梦忆，便是对往事的追忆，五十年来，南柯一梦。《陶庵梦忆序》中言："遥思往事，忆即书之，持问佛前，一一忏悔。不次岁月，异年谱也；不分门类，别《志林》也。偶拈一则，如游旧径，如见故人，城郭人民，翻用自喜。真所谓'痴人前不得说梦'矣。"

这是他一人的故事，故事中有旧友、城郭，想起一件，便写下一件，一桩一件，是血泪，是悲痛。

相传，西陵有个脚夫，为人挑酒之时，不慎打破了酒坛，不知如何赔偿，便想道："若是梦便好了！"又有一个寒门学子乡试中举，恍然以为不是真，便道："不是做梦吧！"

同为梦境，一个唯恐不是梦，一个唯恐是梦。

那么，《陶庵梦忆》究竟写了什么？

是现实吧！是如梦的现实，落花流水，天上人间，终是梦中客。浮生如寄，往事都是一场旧梦，若忘不了，便醒过来，直面冰冷的人间。

那纸上尽是奢靡的前半生，西湖胜景，舞榭楼台，美人桃花，故国江山，何其繁华！只是，干戈寥落，满眼春风皆成沙。

他也常常想起，昔年十二月，那场漫天飞雪，那两个萍水相逢之人，还有那口温热的美酒。

如今，他们又在何处客居？

想着想着，便流下了浑浊的泪，无关国破家亡，无关物是人非，无关孑然一身，他只想彻彻底底地痛哭一场，为了宿命，为了时代。

为何如此眷恋那场雪？因为，那是他的曾经。

又下雪了。

那人步履蹒跚地走在山路上，这一次，他谁也遇不见，谁也不会来。

他生于明朝末年，死于康熙二十八年（1689），享年93岁。这九十余年的漫长人生，经历了一场又一场的浩劫，最后，他大彻大悟，留给世间一个苍凉的背影。

人生天地间，忽如远行客。

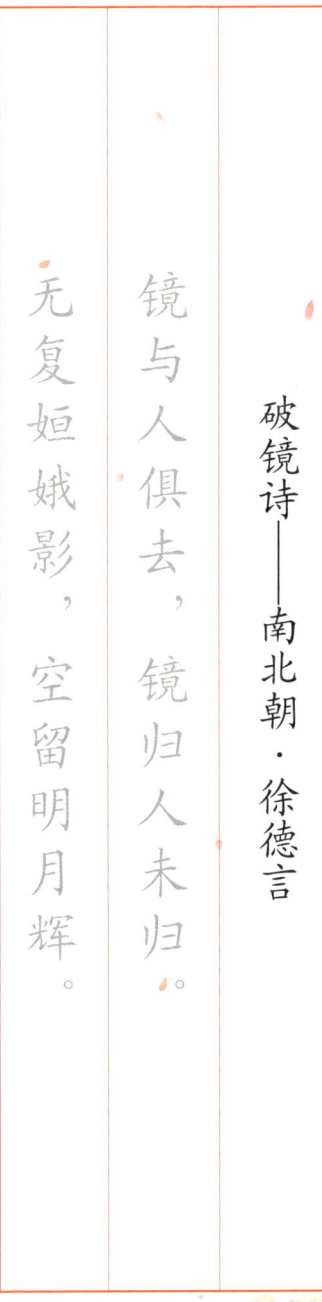

破镜诗——南北朝·徐德言

镜与人俱去，镜归人未归。

无复姮娥影，空留明月辉。

相思——唐·王维

红豆生南国，春来发几枝。

愿君多采撷，此物最相思。

题都城南庄——唐·崔护

去年今日此门中，人面桃花相映红。

人面不知何处去，桃花依旧笑春风。

赠妓云英——唐·罗隐

钟陵醉别十余春，重见云英掌上身。

我未成名卿未嫁，可能俱是不如人。

金缕衣——唐·佚名

劝君莫惜金缕衣，劝君须惜少年时。

有花堪折直须折，莫待无花空折枝。

章台柳·寄柳氏——唐·韩翃

章台柳，章台柳，昔日青青今在否？

纵使长条似旧垂，也应攀折他人手。

生查子·元夕

南宋·朱淑真

去年元夜时，

花市灯如昼。

月上柳梢头，人约黄昏后。

今年元夜时，月与灯依旧。

不见去年人，

泪湿春衫袖。

虞美人·春花秋月何时了

南唐·李煜

春花秋月何时了？

往事知多少。小楼昨夜又

东风，故国不堪回首月明中。

雕栏玉砌应犹在，只是朱颜

改。问君能有几多愁？

恰似一江春水

向东流。

摸鱼儿·雁丘词——金·元好问

问世间，情为何物，直教生死相许？天南地北双飞客，老翅几回寒暑。欢乐趣，离

别苦，就中更有痴儿女。君应有语，渺万里层云，千山暮雪，只影向谁去？

横汾路，寂寞当年箫鼓，荒烟依旧平楚。

招魂楚些何嗟及，山鬼暗啼风雨。天也妒，

未信与，莺儿燕子俱黄土。千秋万古，为留

待骚人，狂歌痛饮，来访雁丘处。

江陵愁望寄子安——唐·鱼玄机

枫叶千枝复万枝，江桥掩映暮帆迟。

忆君心似西江水，日夜东流无歇时。

清·纳兰容

减字木兰花·相逢不语

相逢不语，

一朵芙蓉着秋雨。小晕红潮，

斜溜鬟心只凤翘。

待将低唤，

直为凝情恐人见。欲诉幽

怀，转过回阑叩

玉钗。

我侬词——元代·管道昇

尔侬我侬，忒煞情多，情多处，热似火。

把一块泥，捻一个尔，塑一个我，将咱两个，

一齐打破，用水调和。再捻一个尔，再塑一个我。我泥中有尔，尔泥中有我。我与尔生同一个衾，死同一个椁！

晋·王献之

奉对帖

虽奉对积年，可以为尽日之欢，常苦不尽触额之畅。方欲与姊极当年之匹，以之偕老，岂谓乖别至此！诸怀怅塞实深，当复何由日夕见姊耶？俯仰悲咽，实无已已，惟当绝气耳！

怨郎诗——汉代·卓文君

一朝别后，二地相悬。只说是三四月，又谁知五六年？七弦琴无心弹，八行书无可

传。九连环从中折断，十里长亭望眼欲穿。百思想，千系念，万般无奈把郎怨。万语千言说不完，百无聊赖，十依栏杆。重九登高

看孤雁，八月仲秋月圆人不圆。七月半，秉烛烧香问苍天。六月三伏天，人人摇扇我心寒。五月石榴红似火，偏遇阵阵冷雨浇花端。

四月枇杷未黄，我欲对镜心意乱。忽匆匆，三月桃花随水转。飘零零，二月风筝线儿断。噫，郎呀郎，巴不得下一世，你为女来我做男。

答永乐帝书——明代·徐妙锦

臣女生长华门，性甘淡泊。不羡禁苑深宫，钟鸣鼎食；愿去荒庵小院，青磬红鱼。

不学园里夭桃，邀人欣赏；愿作山中小草，独自荣枯。听墙外秋虫，人嫌其凄切；睹窗前冷月，自觉清辉。盖人生境遇各殊，因之

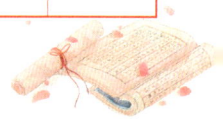

观赏异趣。矧臣女素耽寂静，处此幽旷清寂之境，隔绝荣华富贵之场，心胸顿觉朗然。乃日昨阿兄遣使捧上谕来，臣女跪读之

下，深感陛下哀怜臣女之至意，臣女诚万死莫赎也。伏思陛下以万乘之尊，宵旰勤劳，自宜求愉快身心之乐。幸外有台阁诸臣，袍

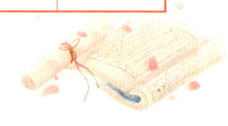

筹跻跄；内有六宫嫔御，粉黛如云。而臣女一弱女子耳。才不足以辅佐万岁，德不足以母仪天下。既得失无裨于陛下，而实违臣女

之素志。臣女之所未愿者，谅陛下亦未必强愿之也。

臣女愿为世外闲人，不作繁华之想。前

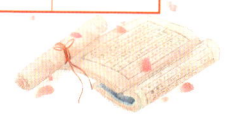

经面奏，陛下犹能忆之也。伏乞陛下俯允所求，并乞从此弗以臣女为念，则尤为万幸耳。盖人喜夭桃秾李，我爱翠竹丹枫。从此贝叶

蒲团，青灯古佛，长参寂静，了此余生。臣女前曾荷沐圣恩，万千眷注。伏恳再哀而怜之，以全臣女之志愿，则不胜衔感待命之至。

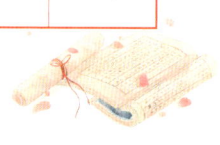